스페이스 보이

제14회 세계문학상 대상

스페이스 보이

박형근
장편소설

:: 차례

모든 기억을 잊기 위해 난 여기 앉아 있어.

모든 것을 깨끗이 지우고 다시 시작하는 거야.

그러기 위해 난 매일 빙글빙글 돌며 무중력 상태를 경험했지.

눈 떠 있는 시간의 반은 물속에 잠겨 있었던 것 같아.

현기증, 매스꺼움, 구토.

그래도 이 모든 게 견딜 만했어.

왜냐하면 현실로 돌아가는 것만큼 구역질나지는 않았거든.

어제는 마지막으로 인큐베이터 안에서 온몸을 검사했어.

심전도, 폐기능, 체성분, 갑상선, 전립선,

CT, MRI, 초음파.

아마 사람 몸에 할 수 있는 모든 검사를 한 것 같아.

나의 뇌, 심장, 모든 신체기관은 여기 그대로 스캔되어 있지.

그래, 그곳에 갔다 오면 뭐가 달라져 있을까?

나, 그리고 나만 빼고 돌아가는 지구.

그래, 나는 이제 새로운 경험을 하게 될 거야. 그리고 그건 매우 불안정하고 위험한 일이 되겠지. 마치 아무도 모르는 비밀 속으로 뛰어 들어가는 기분이야.

지구에서의 마지막 밤이 저물어가고 있어. 여기 사람들은 모두 모여 데이비드 보위의 노래를 부르기 시작했지. 러시아인들의 영어 악센트는 왠지 더 비장하게 들려와. 그들은 내게 장난을 치며 긴장을 풀어주려 했지. 하지만 난 왠지 같이 따라 부를 수 없었어. 왜냐하면 그건 마치 죽음을 앞에 둔 의식처럼 들렸거든. 그들의 목소리가 아직도 귀에 맴돌고 있어.

(Ground control to Major Tom)

난 어쩌면 이상한 선택을 했는지도 몰라.

(Ground control to Major Tom)

어려운 길을 돌아가고 있는지도 모르지.

(Take your protein pills and put your helmet on)

그간 수없이 연습하고 예측한 대로 안 될 수도 있어.

(Ground control to Major Tom)

하지만 그게 인생 아니겠어?

(Commencing countdown, engines on)

마지막으로 그들은 내게 말했지.

(Check ignition and may god's love be with you~)

"행운을 빌어요."

그리고 나는 지금 눈앞에 카운터를 기다리고 있어.

엄청난 굉음에 온몸이 떨려오기 시작했지.

두려움과 설렘이 마구 뒤섞인 기분이었어.

그건 좋지도 않고 나쁘지도 않았지.

(Ten)

그래, 이제 난 이곳을 떠나.

(Nine)

내가 할 수 있는 최선의 방법으로

(Eight)

이 빌어먹을 곳에서

(Seven)

가장 멀리 떨어지는 거야.

(Six) (Five) (Four)

(Three, Two)

(One)

그리고 내 인생은 다시 시작되는 거야.

(Lift off)

눈앞이 온통 새하얘지고 나는 대기를 솟아오르고 있어.

그리고 발밑으로 지구가 보이기 시작했지.

그런데 우주에서 보는 지구는 지금껏 알던 것과는 전혀 다른 거야.

그때 어떤 목소리가 내게 말했지.

"지금까지 한 연습은 모두 잊어요."

"ISS에 가면 모든 것이 바뀔 거예요."

7월 30일
맑고 쾌청한 우주

내가 깨어난 곳은 낯선 침대 위였어.

커튼레일이 햇빛을 머금고 침대를 포근하게 감싸고 있었지.

그리고 그 안에 내가 있었어.

덩그러니.

난 사방을 둘러싼 커튼을 걷고 침대에서 내려왔어.

눈부신 햇살.

잠시 휘청였지만 두 발은 땅에 잘 붙어 있었지.

눈앞의 흰색 페인트 벽에는 커다란 전자시계가 붙어 있었어.

시골 관공서에나 있을 법한 액자형 전자시계.

검정 유리에 빨간색 8자로 모든 숫자가 표기되는.

위에서부터 차례대로 연도, 날짜, 요일, 시간, 온도.

만약 저 시계가 정확하다면 지금은 오후 3시 반이고, 내가 우주로 발사된 지 5일이 지난 거야. 한 가지 이상한 게 있다면 이곳은 우주라고 하기엔 너무 지구 같다는 거.

누가 봐도 여기는 지구에서 말하는 병원 같아 보여. 커튼레일이 달린 침대 두 개와 드레싱 카트, 그 위에는 일회용 소독솜과 핀셋.

그러고 보니 여기는 병원이 아니라 학교 같다는 생각이 들었어. 따뜻한 햇빛과 적당한 습기가 감싸 도는 방과 후의 양호실. 아니 누군가 내게 이곳은 양호실이라고 말해주는 느낌.

언제 내가 이곳에 와본 적이 있었나?

나는 앞에 보이는 투박한 검정색 소파에 앉았어.

앉자마자 푹 하는 바람 소리가 나는, 여기저기 터지고 늘어진 인조가죽 소파.

이 소파에는 얼마나 많은 사람이 앉았다 간 걸까?

소파의 작은 보조 의자 위에는 검정색 입생로랑 백이 놓여 있었어.

굵은 금색 체인에, YSL 로고가 박힌 약간 크고 투박한 핸드백.

아마 사첼백이라고 부르던가. 마치 입생로랑이 살아 있던 시절 나왔을 것 같은 모델이었지. 10년은 더 지난 디자인 같은데 새것 같아 보였어. 가죽의 빳빳함과 광택. 마치 10년 전에 산 걸 깜빡하고 이제야 서랍에서 꺼낸 것처럼.

그런데 대체 여기는 어디일까?

대체 나는 왜 여기서 이런 것들을 마주하고 있는 거지?

나는 푹 꺼진 소파에서 몸을 일으켰어.

그리고 무거운 슬라이딩 도어를 열고 밖으로 나갔지.

나는 조용한 복도를 걸어갔어.

이곳은 마치 모두가 떠난 방과 후 학교 같았지.

돌로 된 바닥은 방금 물걸레질을 끝낸 듯 퀴퀴한 냄새를 풍기고, 텅 빈 복도에는 아직도 아이들의 시끌벅적한 소리가 남아 있는 듯했어.

그리고 나는 3학년 4반 앞에 멈춰 섰지.

교실 안 열린 창문으로 커튼이 마구 휘날리고 있었어.

복도의 철제 사물함 중 몇 개는 빈 채로 열려 있고.

나는 이 복도의 마지막 교실을 지나 계단을 내려갔어.

그러자 아래로 1층의 중앙로비 같은 곳이 보였지. 로비의 가운데에는 커다란 나무가 보이고, 그 옆으로는 자판기 몇 대와 문 닫은 매점 같은 것이 보였어. 뭔가 더 있어야 할 것 같은데 여기저기 비어 있는 느낌이야.

마치 미분양 상가처럼.

나는 1층 로비를 한 바퀴 돌아 밖으로 나가봤어.

건물을 빠져나오니 양옆으로 잘 가꿔놓은 화단이 보였지.

그 길을 따라 걸으니 운동장으로 내려가는 스탠드 계단이 나왔어.

그래, 확실히 이곳은 내가 생각했던 우주는 아닌 듯해.

세 달간 그렇게 무중력 훈련을 했는데 말이야.

그 많은 프로젝트와 실험도 할 수 없을 것 같아.

이렇게 지구와 똑같은 나무가 자라는 데서 무슨 식물 발아생장 실험을 하겠어? 화단에는 나비가 날아다니는데 초파리 키트로 뭘 하겠냐고.

난 우주복도 뺏기고 지구와 통신할 수 있는 헬멧도 뺏긴 것 같아. 마치 우주 미아가 된 기분이지만 여긴 우주가 아냐. 저 멀리 운동장에서 들리는 아이들 소리도, 내 앞에 펼쳐진 이 모든 풍경도 말이야.

전부 지구 그 자체라고.

나는 스탠드의 계단을 따라 운동장으로 내려가봤어.

운동장에서는 교복을 입은 아이들이 축구를 하며 뿌연 먼지를 날리고 있었지. 그 애들이 찬 공은 지구의 중력을 충실히 이행하며 날아가고 있었어.

힘차게 출렁이는 하얀색 그물.

그런데 말이야.

이곳은 내가 생각했던 보통의 지구는 아닌 듯해.

그걸 이렇게 스탠드 한가운데에 내려와서야 알게 됐지.

지금 내 눈앞에 보이는 풍경은 말이야.

지금 내 위로 보이는 하늘은 말이야.

전부 잘려 나가 있다고.

저 멀리 보여야 할 풍경도 토막 나 있고, 그 풍경과 맞닿아야 할 하늘도 잘려 나갔어. 토막 난 풍경 밖으로는 전부 시커먼 암흑.

대체 난 어디로 떨어진 걸까?

이곳은 지구인가? 아니면 우주인가?

"여기는 우주 맞아."

내 앞에 은발에 포니테일을 한 남자가 나타났어.

"굳이 말하면, 나는 니들이 말하는 외계인이고."

내가 말했지.

"하지만 이곳은 마치 지구와 같은 모습인데요?"

그래, 적어도 그와 내가 서 있는 곳은 말이야.

그가 내게 말했지.

"우리에겐 어쩌면 네가 익숙한 것들로 보이는 능력이 있을지도 몰라."

그 남자는 커다란 선글라스를 이마 위로 올렸어.

이렇게 보니 나이가 꽤 많아 보여.

"여기서의 미의 기준이란 지구와는 딴판이거든. 가령 우리가 인간들이 생각하는 촉수 달린 에일리언이나 〈맨 인 블랙〉에 나오는 징그러운 벌레 같은 모습을 하고 있다면 위화감이 생기지 않겠냐? 뭐 그것도 온전히 인간의 상상력일 뿐이지만."

상상력?

"그래 상상력. 이것도 다 누군가의 상상력 안에서 꾸며 입은 거라구."

그의 검은색 슈트와 하이넥 셔츠.

조금은 과해 보이는 굵은 타이와 검정색 가죽장갑.

그래, 이 사람 어디서 본 적이 있는데.

은발 머리를 뒤로 묶고 커다란 선글라스를 낀 할아버지.

그래, 이 할아버지가 누구였더라.

그래, 그 유명한 샤넬의 디자이너잖아. 이름이 뭐였지? 그 디올 옴므를 입기 위해 살을 뺀 전설의 디자이너 말이야. 가로수길에 이 할아버지의 팝업 스토어도 있었는데. 그래, 좀 어려운 이름으로 기억하는데 말이야.

칼 라거펠트.

그래, 이제야 기억이 났어.

아니, 누군가 내 귓속에 속삭이는 느낌이었는데.

아니, 그런데 이게 무슨 뜬금없는 일이야?

내가 왜 이곳에서 저 할아버지를 만나게 된 거냐고. 난 단 한 번도 외계인이 있다면 칼 라거펠트처럼 생겼을 거라 생각한 적이 없는데.

"어쨌든 넌 내 이름까지 알고 있잖아."

그가 코를 훌쩍이며 말했어.

나는 생각만 했는데.

"이것도 똑같이 접근하면 돼. 이곳도 말이지, 지구인의 미적 기준으로 만든 세트장이라고 생각하면 된다고. 지구에서 온 귀한 손님을 놀라게 해선 안 되잖아? 그래서 우린 최대한 지구인에게 익숙한 것들로 이곳을 꾸며놓은 거지."

그가 날 응시하며 두 팔을 벌리자 두 동강 난 하늘이 이어졌어.

잘려 나간 풍경이 깔끔하게 이어지고.

빌어먹을 놀라움의 연속이군.

"놀랄 필요 없어. 여기는 너에게 아주 익숙한 곳이거든."

그가 또 말했어.

나는 속으로 생각만 했는데.

"우리가 만든 이 세트장은 지구인에게 아주 익숙한 것들로 구성되어 있지. 처음엔 낯설어 보일지 몰라도 원래 인간들은 쓸데없는 것까지 전부 기억하는 습관이 있거든. 그래, 단지 기억해낼 수 없을 뿐이지. 아무튼 우리 외계인은 생각보다 예의 있고 배려 깊다는 걸 알아둬야 해. 인간들이 말하는 우주는 무중력에 무산소에 생명체라곤 살 수 없는 지극히 낮은 온도의 어두컴컴한 세계지. 그런데 정말로 그렇다면 인간들이 편히 머물다 갈 수 없잖아. 안 그래? 지구에서 온 귀한 손님에게 이 정도 편의는 제공해줘야 외계인 '가오'가 살지 않겠어? 참고로 여기 있는 모든 것은 실제고 사실로 구성되어 있어. 사실들의 총체라고 부를 수 있지. 저기 수돗가에 떨어지는 물, 지금 우리가 마시는 공기, 이 여름 한가운데 부는 풀냄새까지 전부 진짜야. 저기 담 너머 보이는 산도 진짜, 만약 저 멀리 강이 흐른다면 그것도 진짜. 뒷동산에 호수가 있다면 그것도 진짜지. 저 애들이 차는 축구공도 진짜, 저기 자판기 콜라도 전부."

진짜야.

내 머릿속을 울리는 그의 목소리.

"세트장이라고 해서 가상현실이나 홀로그램 따위가 아니라고."

그가 다시 선글라스를 내리며 말했어.

"그럼 이제 본격적인 얘기를 해볼까? 수십 년 전부터 인간들은 우리에 대해 알고 싶어했지. 인간들이 오해하고 있는 게 있는데 언젠가 우리들이 지구를 침략한다거나 인간들에게 위해를 가할 거라고 생각하는 거야. 그런 생각을 하는 이유는 자기 자신들이 능력만 있으면 우리 세계를 침범한다는 생각을 하고 있기 때문이지. 하지만 다른 이들이 자신과 같은 생각을 하고 있다고 생각하면 안 돼. 왜냐하면 우린 인간들의 세계에는 전혀 흥미가 없으니까 말이야. 결론부터 말하자면 앞으로도 서로의 영역을 침범하지 말자는 거야. 그러니까 2주 동안 우리가 마련한 이곳에서 잘 놀다 가면 돼. 우리에 대해 알 필요도 궁금해할 필요도 없어."

"만약 우주 어딘가에 지구와 똑같은 곳이 있다면 엄청난 발견이 될 거예요. 인류의 입장에서는 말이죠. 그것도 인위적으로 지구의 생태계를 똑같이 재현할 수 있는 외계인이 있다면요. 그런 능력이 있다면 적어도 인류의 문명보다 몇 만 배는 발달한 문명을 가지고 있을 거예요. 그렇죠?"

"그런 건 말해줄 수 없어. 아마 그건 놀라운 발견보다 놀라운 공포가 될 거니까. 인간의 입장에서는 말이지. 이것만 알아두면 돼. 우린 그냥 여기에 살 뿐이고 방해받기 싫을 뿐이야. 너는 어차피 2주 후 지구로 돌아갈 거고 우리가 준비한 대본을 읽어야 하지. 물론 우리들의 이런 능력에 대해서는 발설할 수 없을 거야. 우린 지난 수십 년간 우주에는 아무것도 없다고 가장해왔지. 물도 없고 공기도 없고 중력마저 없다고 말이야. 아마 지금쯤 지구에서는 네가 우주복을 입고 ISS에서 둥둥 떠다니는 모습이 방송되고 있을걸?"

내 모습이?

"그래, 계획대로 우주에서 둥둥 떠다니며 갖가지 재롱을 떨고 있을 거야. 그렇다고 그게 홀로그램 같은 건 아니고."

"혹시 내가 지구로 가기 전에 이 기억도 삭제되나요?"

"물론이지. 여태까지 모두 그랬거든. 그런데 사실 그렇게까지 번거롭게 할 필요는 없어. 우리는 언제든지 조치를 취할 수 있으니까. 기억을 그대로 살려둬도 네가 발설하려는 의도나 실행 의지만 나타내면 우리는 조치를 취할 수 있거든. 하지만 그런 생각을 갖지 않으면 자신만이 알고 있는 비밀로 영원히 남을 수 있지. 하지만 그런 인간이 있으려나 모르겠어."

내 머릿속에 이상한 걸 심어놓기라도 하려는 건가?

"아니, 그건 인간들이나 상상할 수 있는 거고. 아무튼 우리는 기억을 지우는 대가로 원하는 것 한 가지 정도는 해주지. 그러니까 잘 생각해보라고. 지구에 돌아가서 뭘 하고 싶은지 말이야. 간단히 말해 한 가지 소원을 들어준다는 뜻이야. 그러니까 남은 일정 동안 잘 생각해보라구. 치열했던 지구에서의 삶도 되돌아보고. 아마 좁은 우주선 안에서 통조림 김치를 공중에 띄워놓고 먹는 쇼보다 흥미로울 거야. 궁금한 게 있으면 언제든 날 부르고."

"그런데 당신은 아까부터 내 생각을 읽고 말하는 것 같은데요."

"오 이런. 내가 성격이 좀 급해서 말이야."

그의 주름진 웃음.

"그래, 앞으로도 필요한 게 있으면 소리칠 필요는 없어."

그저 생각만 하면 돼.

칼 라거펠트 영감.

"그래. 그렇게 머릿속에 단어를 떠올려. 아니면 내 이미지를 떠올려도 되지. 그럼 앞으로 이 세계에서 편하게 지내길 바라네. 낯설어할 것도 두려워할 것도 없어. 이 세계에 네가 모르는 말은 없으니까. 스페이스 보이, 혹시 이 말 기억하고 있어? 언어의 한계란 사고의 한계다."

언어의 한계란 곧 사고의 한계?

"그래, 언어의 한계란 곧 이 세계의 한계를 의미하지."

그래, 이게 누구의 말이었지?

내겐 익숙하지만 기억은 나지 않는 것이 많아.

언어의 한계란 곧 사고의 한계.

7월 31일
피넛버터 늪

침대 옆 바닥에 쓰러진 나를 발견하며 잠을 깼어.

어제까지 없던 거울이 날 비추고.

잠들기 전 내 모습을 볼 수 있는 거울이 있으면 좋겠다 생각했는데. 잘려 나간 하늘과 끝없는 암흑.

사실 그걸 보고 난 내 모습이 궁금해졌거든.

만약 그 암흑의 세계가 블랙홀이라면, 지구를 본뜬 이 알 수 없는 행성의 중력이 조작된 거라면, 그리고 저들의 대단한 문명으로 봤을 때 빛보다 빠른 뭔가를 가지고 있다면 상대성이론과 등가원리에 의해 공간과 시간이 왜곡되거든.

이곳에서 말하는 2주가 20년일 수도 있다고 생각해봤어.

중력은 휘고, 공간은 왜곡되고, 시간은 변형되지.

2주 후 늙어 있는 엄마를 상상해봤어.

타임머신은 중력의 장난일 뿐.

속도가 빠르면 시간은 늦게 흘러가게 되지. 시속 2만 7740킬로미터로 지구를 도는 ISS에 6개월 머물면 지구보다 0.0007초 덜 늙게 돼. 1년을 머물면 키도 5센티미터나 자라게 되지. 하지만 여긴 지구에서 겨우 400킬로 떨어진 ISS가 아니라고. 나는 지구에서 얼마나 떨어졌는지, 몇 광년이 걸리는지 모르는 곳에 와 있어.

어딘지도 모르는 행성.

지구를 본뜬 세트장.

그것도 엄청난 문명을 가진 외계인과 함께 말이야.

다행히도 거울 속에 비친 내 모습은 익숙해 보였어.

지구에서 마지막 샤워를 마치고 거울에 비춰본 모습 그대로였지.

운동으로 샤프해졌지만 생기를 잃은 얼굴.

우주에서 잃게 될 근육을 위해 열심히 만든 어깨와 팔 근육.

모두 그대로.

다만 내 몸에는 어딘가 어색해 보이는 흰색 무지 티셔츠와 교복바지 같은 게 입혀져 있었어. 마치 여름철 하복 셔츠를 벗은 고등학생처럼 말이야.

감색 바지는 마치 1년 내내 입어 코팅한 것처럼 반들반들하고.

나는 운동장으로 내려가서 철봉에 매달려봤어.

그러고 보니 어제 운동장에 철봉이 있었던가?

아무튼 날씨 하나는 내가 설정해놓은 것처럼 마음에 들어. 사실 매일 근육량과 골밀도를 측정하는 게 훈련소에서의 일과였지. 지구에서는 중력에 의해 손상된 뼈 세포가 재생되며 중력에 맞설 조직을 만들어. 하지만 우주에서는 그럴 필요가 없기에 근육은 수축되고 뼈에서는 칼슘이 빠져나가지.

그래서 우주에서는 홉킨스 대령이 만든 우주용 운동기구에 매달려 운동을 해야 해. 지구에서 윗몸일으키기 100개를 할 수 있다면 이 기구에서는 300개도 가뿐하지.

나는 내 몸무게가 고스란히 느껴지는 철봉에 매달려 생각했어.

이곳은 어디일까?

그리고 ISS에 도킹한 이후 며칠 동안 난 어딜 가 있었던 걸까?

그 시간 동안 침대에만 누워 있었다면 이 근육들이 그렇다고 말해줄 텐데 말이야. 그런데 지금 내가 느끼기에 근육은 조금도 소실되지 않았어. 하지만 기억은 어디론가 소실되어버린 것 같아.

ISS에서 새하얀 불빛이 비친 그 순간부터.

누군가 솜씨 좋게 일정 부분만 들어낸 기분.

아주 인위적으로.

외계인은 내게 무슨 짓을 한 걸까?

나는 외계인은 원하는 구간만큼 기억을 지울 수 있는가에 대해 생각해봤어. 그래, 나도 그런 능력이 있었다면 여기까지 오지는 않았을 텐데.

그의 말대로 자신들의 모습을 감추기 위해 기억을 들어낸 걸까? 페르미 패러독스의 세 번째 가설처럼 말이야. 그래, 언젠가 그들이 본색을 드러낼지 모르니 조심해야지.

나는 학교로 돌아가 자판기에서 음료수 하나를 뽑았어. 물론 돈도 카드도 없었기에 그냥 주먹으로 자판기를 한 대 쳤지. 그런데 무슨 일인지 칠 때마다 콜라가 떨어졌어.

그것도 똑같은 제로콜라가 말이야.

분명히 이 자판기 메뉴에는 제로콜라가 없거든. 하긴 지구에 있는 자판기에서도 흔히 볼 수는 없지. 뭐 어쨌든 상관없었어. 왜냐하면 사실 난 제로콜라만 마시거든.

그리고 보니 한 친구가 생각났어. 어디를 가도 제로콜라만 찾던 녀석이었지. 나를 비롯한 다른 친구들은 혼자 몸 생각 한다며 구박을 했어. 그 나이 때는 원래 건강 챙기는 게 쿨하지 않거든.

그런데 언젠가 그 친구가 제로콜라만 먹는 이유를 고백했지. 칼로리 때문도 설탕 때문도 아니었어. 오로지 맛 때문이었지.

그제야 나도 깨닫게 된 거야. 빌어먹을 설탕 뺀 콜라가 그냥 콜라보다 더 맛있다는 걸 말이지. 더 진한 계피향과 더 풍부한 탄산 입자, 그리고 깔끔한 뒷맛까지 말이야.

이후에도 코카콜라 제로를 맛으로 마시는 사람을 보면 동질감을 느끼곤 했어. 나는 인공 감미료니 아스파탐이니 신경 안 써. 그저 맛으로 먹을 뿐이지.

너 뭘 좀 아는구나?

그러고 보니 그 친구는 지금 뭘 하고 있을까?

내 인생의 콜라 롤모델 말이야.

지금쯤 지구의 어느 아파트 현관 앞에서 부인과 아기를 피해 말보로 한 대와 코카콜라 제로를 마시고 있지 않을까? 아니면 우주인이 나오는 뉴스를 보며 피자와 함께 제로콜라를 마시고 있을 수도.

그러고 보면 우리는 너무 빨리 잊어가는 것 같아. 시간이 갈수록 더 빨리 잃어가지. 어렸을 때는 너무나 명확했던 것들이 이제는 희미해져 알아볼 수조차 없어. 한때는 하루가 멀다 하고 붙어 다녔는데 이제는 길에서 만나도 못 알아보겠지.

솔직히 이제 그 친구의 얼굴은 기억나지도 않아. 그저 네모난 말보로 레드와 검은색 콜라 캔만이 그 녀석을 대신하고 있지.

나는 제로콜라를 들이켜며 3학년 4반의 복도를 걸어갔어. 여전히 교실 안 창문은 닫히지 않았고 그 틈으로 여름바람이 불어 커튼을 휘날리고 있었지.

나는 유난히 스티커가 덕지덕지 붙어 있는, 복도의 철제 사물함을 열어봤어. 안쪽에는 선글라스를 낀 커트 코베인 사진이 붙어 있었지.

요즘 애들도 너바나를 듣나?

아님 단지 패션 아이콘으로 생각하고 있을지도 모르지. 요즘 애들은 커트 코베인이 흰색 잠자리 선글라스를 유행시킨 모델인 줄 아니까.

그때 칼 라거펠트 영감이 내 옆에 나타났어.

가죽장갑을 낀 손에 큼직한 크래커샌드 같은 걸 들고서.

그가 그 크래커를 반으로 갈라 내게 건넸지.

듬뿍 바른 피넛버터가 늪처럼 끈적하게 떨어졌어.

한 입 먹었다간 여드름이 잔뜩 날 것 같은 거였지.

"그래, 그게 바로 십대의 상징이지."

그가 아마 '여드름'이라는 단어를 읽은 것 같아.

"짭짤한 크래커와 땅콩버터는 마치 십대의 냄새 같지 않아?"

이건 〈스멜스 라이크 틴 스피릿〉에 대한 말장난인가?

커트 코베인도 이 노래 제목을 통조림 캔에서 가져왔다고 들었는데.

소금기 가득한 크래커와 땅콩버터.

땀 냄새와 피지가 섞인 교복.

코팅한 것처럼 반들반들한 감색 교복바지.

십대의 냄새가 있다면 이런 게 아닐까?

그 생각을 하니 사물함 깊숙한 곳에 처박혀 있는 교복이 보였어.

그가 사물함에서 땀에 전 교복을 들어 올리며 말했지.

"너는 이만할 때 어떤 소년이었어? 모범생? 아님 문제아?"

내가 문제아였나?

그런 생각조차 이제 아득해. 이제는 10년도 더 지나버린 얘기
니까 말이야. 그런데 그 시절에 문제아였건 어떤 대단한 놈이었
건 인생에는 아무런 영향도 미치지 못하는 것 같아.

"굳이 말하면 문제아였던 것 같지만 그렇게 나쁜 놈은 아니었
다고 생각해요."

"정의로운 반항아 그런 거?"

그렇게 말하면 웃기지만.

"아니, 원래 인간의 사춘기가 그런 거야. 사춘기는 정의감을 수
반하기 때문에 사춘기지. 아니, 사춘기 자체가 정의감으로 가득
차 있어. 잘 생각해봐, 아마 너도 그랬을걸?"

그렇게 말하니 그랬던 것 같아.

기억은 잘 안 나지만.

"아마 중학교 때였을 거예요. 그때 어떤 여선생님 돈이 없어지
는 사건이 있었죠. 그런데 그런 일이 생기면 전국 모든 학교의 모
든 선생님이 똑같은 매뉴얼을 돌리잖아요?"

자 모두 눈을 감아.

"그러곤 똑같은 대사를 읊죠. 지갑에 손댄 사람 조용히 손들어.
지금 손들면 용서해줄게, 선생님만 아는 거야. 거기 실눈 뜨지 말
고. 이런 상황이 되면 문제아들은 어떤 심정인지 알아요? 집에서
나 학교에서나 사고뭉치로 찍힌 애들은 말이죠, 마치 모두가 자
신을 의심하는 것 같은 기분이 들어요. 그래서 전 그 상황에서 손

을 들었죠. 내가 훔치지도 않았는데 말이에요. 반 애들을 전부 도둑 취급하는 것도 싫었고요. 아마 그때 사회 선생님이 양호실에 지갑을 놓고 갔는데 돈인지 뭔지가 없어졌을 거예요. 근데 매일 수업 제치고 밥 먹듯이 양호실에서 잠을 자던 문제아가 누구였을까요? 물론 저는 절대로 훔치지 않았어요. 이런 게 정의감인지 피해의식인지는 모르겠어요. 아무튼 문제아의 숙명 같은 거죠. 사실 모든 문제아들은 이렇게 시작돼요."

어차피 날 믿어주지도 않는데 진짜 한다고 뭐 달라질 게 있나?

그가 말했어.

"그런 문제아들도 정의감으로 가득 차 있지. 거칠고, 제멋대로 행동하고, 자기중심적인 데다 타인에 대한 배려라곤 찾아볼 수 없지만 아이러니하게도 그 시기의 가장 강한 정신적 요소가 정의감이거든."

"그런 것 같네요. 중2병이라고 부르는 거 말이에요. 그게 정의감 그 자체니까."

"도무지 어른들의 행동을 이해 못 하는 것도 바로 그 때문이지. 그때는 신체의 성장만큼 뇌의 활동도 엄청나지는데 그 엄청난 감정의 양을 조절할 수가 없어. 모든 감정이 양적으로 폭발하는데 제어할 수 없는 거야. 저기 뒷동산에 있는 롤러코스터처럼 거칠고 기복이 심하지."

"인간에 대해 아주 잘 아시는 것 같네요. 그런데 여기에 롤러코스터도 있어요?"

"학교 뒷동산에 올라가면 멋진 놀이공원이 내려다보일 거야."

그런 건 대체 누구를 위해서 있는 거예요?

"지구인의 엔터테인먼트를 위해서지."

그가 선글라스를 매만지며 말했어.

"가볼 텐가? 무료한 우주 생활에 도움이 될지도 모르겠어."

나는 그를 따라 학교 뒤편 동산으로 올라갔어.

그곳에 올라가니 큰 호수공원 같은 게 내려다보였지. 그리고 그 호수 안에 인공섬이 만들어져 있었어. 그 안으로 섬 전체를 가로 지르는 거대한 롤러코스터 같은 것이 보였지. 영감이 내게 말했어.

"4월이 되면 이 호수공원 주변으로 벚꽃이 만개한다고."

그런데 지금은 4월이 아닌데.

"아마 네가 벚꽃이 만개한 공원을 걸은 적이 있겠지."

대체 무슨 소릴 하는 거야?

아무튼 나와 영감은 호수공원으로 내려가 다시 인공섬으로 연결되는 구름다리를 건너갔어. 만개한 벚꽃을 배경으로 한 채 말이야.

놀이공원에 들어서자 사람들이 여기저기 보였어. 많지도 적지도 않은 딱 놀기 좋은 만큼 말이야. 이런 곳에 올 때마다 늘 기도하는 거였는데. 다시 한 번 느끼지만 외계인은 참 배려심이 깊은 것 같아.

그가 말했어.

"놀이공원에서 먹으면 맛있는 두 가지가 뭔지 알아?"

하늘색 메이드 복을 입은 여자가 내 앞에서 웃고 있어.

"구슬아이스크림과 츄러스지."

나는 그곳에서 상냥하게 웃고 있는 알바생에게 물었지.

"혹시 당신도 고용된 외계인인가요?"

그녀는 방긋 웃으며 내게 무지개색 아이스크림을 건넸어.

"즐거운 하루 되세요."

영감이 팔짱을 낀 채로 말했지.

"교육이 잘됐군. 그럼 저기 매우 불안정하고 무모해 보이는 롤러코스터를 타러 가볼까?"

그와 내가 롤러코스터에 다가서자 사람들의 비명 소리가 들려왔어.

입구에는 꽤 많은 사람들이 줄을 서 있었지.

이 모든 게 나를 위해 고용된 엑스트라라고 생각하니 기분이 이상했어. 영감이 가죽장갑 낀 손으로 츄러스를 뜯으며 말했지.

"어쩌면 한 번쯤 마주친 사람들일 수도 있잖아."

여기 있는 사람들이?

아니, 내겐 전부 낯선 이들인데.

"아무튼 기다리는 동안 네 혼돈의 시기에 대해 더 얘기해달라고."

나의 혼돈의 시기라.

남들보다는 확실히 빨랐던 것 같은데 말이야.

"원래 조숙한 애들은 초등학교 때 이미 그런 게 시작되죠. 아마 초등학교 5학년 때였나? 선생님을 말로 이겼던 기억이 나요. 나름 논리를 내세워서 말이에요. 고작 열두 살 때 인격적으로 완성된 성인을 말로 이겨먹었죠. 지금 생각하면 그렇게 되바라진 놈이 없었어요. 아마 그맘때부터 많은 친구들이 절 따랐죠. 동네에서도 꽤 유명했던 거 같고. 뭐 힘세고 싸움 잘해서 그런 건 아니고요. 어떤 스타일인지 알겠죠?"

그가 롤러코스터로 오르는 계단을 걸어가며 말했어.

"난놈이었구만."

그와 난 요새 같은 곳으로 올라갔어.

그리고 롤러코스터에 앉자 유니폼을 입은 직원이 다가와 안전바를 내렸지.

"그래도 그렇게 사고를 치는 아이는 아니었어요. 정작 그럴 만한 시기에는 다른 방향으로 사춘기가 왔거든요."

롤러코스터가 출발하고 기계음과 함께 클라이맥스로 올라가고 있어.

"남자애들은 아무리 조숙해도 열두 살 열세 살 무렵에는 큰 사고를 칠 수 없죠. 남자애들은 신체적인 성장이 더디니까 말이에요. 뭔가 물리적으로 범죄에 가까운 사고를 치게 되는 건 열다섯 살 이후죠."

하늘 끝까지 오른 롤러코스터가 밑으로 떨어지고 있어.

앞뒤에서 비명이 터져 나오고.

그런데 내 목소리는 여전히 그에게 잘 들리지.

"바로 그때쯤 또 한 번의 변화가 찾아왔어요. 혹시 알아요? 사춘기에도 두 가지 유형이 있다는 거. 불안정한 감정을 주체 못 하고 외부로 표출하는 게 가장 일반적인 유형이죠. 그때가 되면 몸도 커지고 힘도 세져서 친구들을 때린다거나 돈을 뺏거나 오토바이를 훔치거나 하기 시작하는 거죠."

롤러코스터는 험한 코너를 돌아 컴컴한 동굴로 들어갔어.

얼굴 앞으로 인공 번개와 인공 폭풍이 불어닥치고.

"근데 저는 그때 다른 유형으로 사춘기가 왔어요. 갑자기 모든 게 유치해지고 의미 없어지는 거죠. 전자와는 달리 자신의 내면에 갇혀버리는 거예요. 중학교 2학년짜리가 갑자기 허무주의에 입각해 철학자가 되는 거죠. 전자도 자의식 과잉이지만 후자는 자의식 과잉의 끝이에요."

컴컴한 터널을 지난 롤러코스터는 다시 끈적한 늪을 향해 떨어지고 있어. 그곳은 펄펄 끓는 피넛버터 늪이었지.

"만약 열다섯 살 때쯤 제게 그런 변화가 오지 않았다면 엄마 속을 무척 썩였을 거예요. 저희 엄마가 보통 잔소리꾼이 아니거든요. 다행히 신체적으로 커졌을 때 내향적으로 변해서 나름 사고 없는 유년기를 보냈죠. 지금 돌아보면 참 다행이에요. 당시 엄마는 꽤 당황했지만 말이에요. 그렇게 밖으로만 나돌던 놈이 갑자기 방구석에 처박혀서 기타 치고 말도 안 되는 철학책 같은 거 보고 그랬거든요. 그런데 내 얘기 듣고 있어요?"

늪에서 빠져나오자 내 옆에 영감은 사라지고 없었어.

난 끈적한 피넛버터를 뒤집어쓴 채로 홀로 남겨졌지.

사람들도 직원들도 어디론가 다 사라져버렸어.

해가 지고 놀이공원의 조명만이 화려하게 빛났지.

8월 1일
전기 숲과 던롭 피크 열매

눈을 뜨자 매스꺼움이 몰려왔어.

눈꺼풀은 붙어서 떨어질 줄 모르고.

흠뻑 젖은 옷은 사라지고 어느새 새 옷이 입혀져 있었지.

검정색 반바지와 발목까지 오는 양말.

반스 운동화와 빨간 슈프림 박스 로고 티셔츠.

뺨에는 여드름이 하나 솟아 있고.

베드 트레이에는 포장된 햄버거가 아무렇게나 쌓여 있었어.

아니 던져놨다는 표현이 더 적절할지도.

옆에는 감자튀김이 찢긴 봉투 위에 수북이 쌓여 있었지.

기름을 잔뜩 먹은 누런 종이봉투.

나는 유리컵에 담긴 콜라를 빨아들였어.

색깔만 봐도 이게 뭔지 알 수 있지. 그리고 햄버거 하나를 베어 물었을 때 마치 뒤통수에서 엄마의 잔소리가 들려오는 듯했어. 서른이 지난 나이에도 반사적으로 이런 스트레스에 시달리는 걸 보면 엄마는 참 대단한 것 같아. 하지만 어때?

여기는 우주인걸.

"그래 여기서는 그딴 거 신경 쓸 필요 없지."

칼 라거펠트 영감이 내 앞에 나타났어. 한 손엔 케첩 통을 들고서.

"트랜스지방, 포화지방, 나트륨, 여기서는 그딴 걱정 안 해도 돼. 오늘 지구에 어떤 방송이 나갔는지 알아? 네가 우주에서 땀 흘리며 운동하는 장면이 방송됐어. 홉킨스 대령의 운동 방법에 따라 근위축증을 막기 위해 윗몸일으키기 100회, 팔굽혀펴기 100회를 반복한다고 말하더군. 그리고 우주용 운동기구에 거꾸로 매달려 윗몸일으키기 시범을 보였지. 근육이 꽤 쓸만하더군. 네 모습은 뉴스와 방송뿐 아니라 인터넷에서도 생중계되고 있어. 유튜브 ISS LIVE 채널에서 말이야. 24시간 너의 모든 생활이 전 세계에 방송되는 거지."

나는 햄버거를 입에 가득 물고 그의 말을 듣고 있어.

기름이 뚝뚝.

사실 지구에서 무슨 일이 일어나든 별로 관심이 없어.

"그래, 이곳에 있는 동안만큼은 마음껏 즐기라고. 어차피 체지방이나 근육량은 우리가 알아서 세팅해줄 거니까. 마치 무중력 상태에서 2주를 버틴 사람처럼 말이야."

"그런데 대체 나 대신 운동을 하고 있는 나는 누구예요?"

"글쎄. 그런 건 굳이 알려고 하지 않아도 돼. 아 그리고 이걸 깜박했더군."

그가 내게 1.5킬로짜리 하인즈 케첩을 내밀었어.

"우리 지구인은 이게 아니면 안 먹는다고 들어서 말이야. 우리 고객님은 사대주의는 없지만 케첩만큼은 사대주의가 있지."

내가 자주 써먹던 대사.

토씨 하나 틀리지 않는군.

"다 먹었으면 오늘은 어디로 놀러 가볼까?"

어제 놀이동산에서 돌아오는 길에 뒷동산에서 커다란 하프파이프를 봤는데.

"그래. 그거 나도 봤다고."

그가 또 내 생각을 읽었어.

"그 우거진 숲속에 아주 깊게 움푹 파여 있는 거 말이지?"

그래, 오랜만에 보는 멋진 경사각이었어.

하프파이프와 쿼터파이프, 스파인, 램프. 갖가지 레일들.

지금도 그걸 타고 내려오는 걸 상상하니 피가 끓어오르는 것 같아.

마치 십대 때로 돌아간 것처럼 말이야.

뭐, 이제는 그때 같은 무모함은 남아 있지 않지만.

이제 점프를 하기도 전에 타박상이나 골절을 걱정하는 나이가 됐으니까. 그런데 어제 그 멋진 스케이트보드 파크를 보고 나서는 심장이 뛰었다고.

"안 탄 지 10년은 됐는데 잘 될지 모르겠어요."

"걱정할 필요 없어. 이곳에 저렇게 선명하게 자리 잡고 있다는 건 네가 그걸 잃거나 잊지 않았다는 뜻이니까. 아니면 여기에 저런 게 깊이 파여 있을 리가 없다고. 왜냐하면 여기 있는 것 중에 의미 없는 것은 없거든."

그가 복도로 나가더니 사물함에서 보드를 꺼냈어.

빨간 슈프림 스티커가 붙어 있는 철제 사물함.

그런데 그런 게 여기 있었던가?

그는 어느새 검정 슈트를 벗고 트래셔 후드를 입었어.

불꽃 로고의 스트리트 웨어를 입은 할아버지.

상상이나 돼?

"그럼 그 엄청난 곳으로 가보자고."

나는 트래셔 후드를 입은 은발 할아버지와 함께 산을 오르고 있어.

그리고 동산의 중턱쯤 올랐을 때 유난히 우거진 나무들 사이에 숨어 있는 웅장한 하프파이프를 찾았지.

바로 어제 본 그거야.

이곳은 거대한 하프파이프 자체가 스케이트 파크였어. 거대한 구슬이 떨어진 것같이 움푹 파인 곳에 쿼터파이프 두 개와 스파인, 램프, 펀박스와 레일이 적재적소에 배치되어 있었지. 굳이 말하자면 내가 꿈꾸던 스케이트 파크야.

나는 그곳으로 내려가 영감이 준 보드를 밟고 섰어.

그러자 보드를 처음 시작했을 때가 스쳐 지나갔지.

모든 초보들이 그렇듯 나도 죽어라 알리를 연습했었는데.

기본적으로 보드를 발에 붙이고 점프하는 기술을 익혀야 다른 기술로 파생될 수 있거든. 나는 궁금해졌어. 지금도 알리를 할 수 있을지 말이야.

난 둥근 램프의 경사를 타고 내려와 가속을 붙였지.

그리고 공중으로 점프했어.

하지만 내 손은 보드를 놓쳐버렸지.

그리고 또 한 번의 불시착.

이번엔 발에는 붙어 있었는데 착지에 실패했어.

난 넘어진 몸을 일으켜 세우고 손바닥을 털었지.

세 번째 시도.

드디어 나는 완벽하게 알리를 성공시켰어.

그래, 발바닥에 자석같이 붙어 있는 이 느낌.

보드를 시작하고 얼마 만에 이 기술을 성공했더라?

적어도 두 달은 걸린 것 같은데 말이야.

그 두 달 동안 포기하고 싶은 순간도 많았지. 하지만 그 정도는 고생도 아니었다고. 내가 보드를 시작한 건 멋진 킥플립 한 번을 하고 싶어서였어. 하프파이프의 정상에서 혹은 장애물을 뛰어넘으면서 발밑의 보드를 한 바퀴 비틀어 돌려 착지하는 거지. 어렸을 때는 그게 그렇게 멋져 보였는데.

그런데 그 한 번의 킥플립이 죽어도 안 됐어.

알리하고는 차원이 달랐지.

정말 죽도록 반복하고 연습해도 절대 안 됐거든.

아마 6개월쯤 걸렸을까?

발꿈치에 물집 잡히고 발목 여기저기 너덜너덜해질 때까지 죽어라 연습했더니 정말 죽어도 안 되던 게 되더라고. 딱 반년 만에 말이야. 정말 어제까지 절대로 안 되던 게 어느 날 일어나서 아무 생각 없이 보드를 돌리니까 성공하더라고.

"궁금한게 있는데, 전날까지 죽어도 안 되던 게 왜 갑자기 되는 걸까?"

영감이 내게 다가와 말했지.

여전히 보드 위에서 뒤뚱거리며.

"어느 날 갑자기 운동신경과 근육이 각성이라도 한 걸까? 왜 서서히 단계를 밟아가는 게 아니라 어제까지 죽어도 안 되다 어느 날 눈 뜨면 되는 거지?"

나한테 하는 질문인가?

"자전거 배울 때도 그렇잖아. 아무리 넘어지고 해봐야 그날은 절대 안 되지. 그런데 다음 날 일어나면 어느새 중심이 잡혀 있잖아."

영감이 가죽장갑을 채우고 다시 중심을 잡았어.

"그건 말이지, 네가 잠 들었을 때 머릿속에서 학습된 뇌세포를 만들었기 때문이야. 네가 잠든 사이 세포와 세포는 가느다란 섬유질로 연결되지. 네가 연습을 거듭할수록 그 간격은 촘촘해져. 그런데 그 과정에서는 아무것도 안 되지. 이것들이 점점 촘촘해져서 비로소 하나의 완벽한 학습된 세포를 만들었을 때 바로 그 순간이 찾아오는 거야."

어제와는 다른 영광의 순간.

"그래, 바로 그거라고."

내 머릿속에도 그 세포가 남아 있을까?

"궁금하면 해보면 되잖아."

그가 쿼터파이프를 가리키며 말했어.

그래 내 안에 킥플립 세포는 건재할까? 6개월 동안 죽도록 연습해서 만든 거 말이야.

나는 그 순간을 떠올리며 오른발을 힘차게 밀었어.

킥플립을 처음 성공한 날.

이미 기억 속에서 희미해졌지만.

난 쿼터파이프를 타고 올라갔어.

그리고 다시 경사를 타고 내려와 가속을 붙였지.

난 파이프를 끝까지 타고 올라가 무릎을 굽히고 보드를 튕겼어.

그리고 발밑에서 보드를 한 바퀴 비틀어 돌렸지.

이런 경사에서 잘못 착지했다간 발목 나가는 건 일도 아닐 거야.

하지만 데크는 내 발바닥에 자석처럼 붙었고, 나는 그대로 미끄러졌지.

솜털과 같은 착지.

오오.

착지와 함께 미끄러지자 양옆에서 커다란 불기둥 두 개가 솟아올랐어. 마치 해외 엑스스포츠 중계에서 보는 것처럼 말이야.

이런 효과까지는 필요 없는데 영감님.

"무슨 소리야. 나도 처음 보는 거라구."

뭐 어쨌든 지금 나는 척추를 타고 올라오는 짜릿함을 느끼는 중이야. 그런데 말이지, 내 눈앞에 더 믿기지 않는 광경이 펼쳐지고 있어.

방금 전까지 뒤뚱거리던 은발 영감이 말이야.

이제 나보다 보드를 더 잘 타는 것 같아.

머리를 뒤로 묶은 칼 라거펠트 영감이 다운레일을 시도하고 있어.

35도 각도의 쇠로 된 레일을 미끄러지는 은발 할아버지.

가뿐하게 펀박스를 알리로 넘는 영감.

하프파이프를 타고 올라가는 할아버지. 나보다 두 배는 높아 보이는 점프, 이어지는 화려한 킥플립. 마치 발에다 보드를 본드로 붙인 것처럼.

내가 우주에서 이런 묘기를 볼 줄은 상상도 못 했는데 말이야.

확실히 외계인의 학습능력은 대단한 것 같아.

"아 미안하네. 요즘은 내가 외계인이란 걸 깜박한다니까."

인간들이 무릎 까져가며 연습해도 6개월이 걸리는 걸 몇 분 만에 해내다니 대단하군.

"근데 넌 이 재밌는 걸 왜 그만둔 거야?"

그가 날렵한 파워 슬라이딩으로 내 앞을 돌며 말했어.

"익스트림 스포츠는 상처도 익스트림하거든요. 보드를 타다 보면 이렇게 비교적 안전한 곳 말고 공공시설이나 공공기물 들을 타고 싶어지죠. 학교의 구조물, 주차장의 안전바, 공원의 계단레일, 이런 갖가지 에지들을 슬라이딩하고 뛰어넘는 스릴을 느끼고 싶은 거예요. 그런데 그 대가는 팔 부러지고 발목 나가고 머리 깨지는 거죠. 그런 무모함은 십대 이후에는 잘 생기지 않더라고요."

"그런 리스크 테이킹이야말로 십대의 상징인데 말이지. 다칠 거 알면서 도전하고 무모한 줄 알면서도 앞으로 나아가는 거지. 왜냐하면 머리에서 그렇게 하라고 시키니까. 성인이 되면서 점점 자제력이라는 게 생겨 인류의 발전을 막고 있는 거라고. 도전하지 않으면 발전이 없잖아. 그렇지 않아? 그럼 보드를 들고 날 따라오라고. 저기 숲속에 더 재미난 게 있는 거 같으니까 말이야."

그는 나를 데리고 허리까지 오는 풀숲을 헤치고 들어갔어.

한참을 들어가니 우거진 나뭇가지들이 하늘을 전부 가리고 있는 음산한 곳이 나왔지. 그리고 그 어두운 곳을 지나 다시 허리까지 오는 풀숲을 만났어. 그걸 다시 헤치고 들어가니 우리 앞에 커다란 바위가 나타났지. 그 바위 앞에는 헬기 착륙장 같은 공터가 있었어. 그리고 공터 한가운데 빨간 기타가 세워져 있었지. 그 뒤로는 앰프들이 세워져 있고.

그곳에서 영감이 나무기둥에 박혀 있는 두꺼비집 같은 걸 올렸어.

그러자 병풍처럼 세워진 앰프에 일제히 전원이 들어왔지.

숲속 전체에 앰프의 화이트노이즈가 울렸어.

그가 내게 말했지.

"전기 숲에 온 걸 환영하네."

나는 그의 앞에서 위용을 뽐내고 있는 빨간색 기타 앞으로 걸어갔어.

난 단숨에 알아볼 수 있었지.

이스트우드의 빨간색 에어라인 투 픽업 기타.

이걸 여기서 어떻게 구했을까?

"아주 쉽게 찾을 수 있었는걸. 네가 원하고 갈망한 만큼 말이야."

영감이 대체 무슨 소릴 하는지 모르겠지만 내가 이 기타를 엄청나게 가지고 싶어했던 건 사실이야. 왜냐하면 나는 고등학교 시절 잭 화이트가 되고 싶었거든. 정말 무슨 수를 써서라도 그가 치던 이 기타를 구하고 싶었어. 그런데 내가 아르바이트를 해서 돈을 다 모았을 땐 이미 모든 매물이 팔려 나갔지. 영국, 미국, 일본, 전 세계에서 말이야.

그런데 그 기타를 우주에서 보게 되다니 정말 상상이나 했겠어? 이 아름다운 자태의 기타를 말이야. 아마도 남은 우주 생활이 더 행복해질 것 같아.

나는 당장 에어라인 기타에 잭을 꽂고 〈세븐 네이션 아미〉의 리프를 쳐봤지. 손가락은 자동으로 2번 줄 7플랫에서 10플랫으로, 다시 1번 줄 10플랫에서 8플랫 7플랫으로 움직였어. 지금도 축구장에서 들리는 전설의 그 리프 말이야. 나는 파워코드에 이어지는 하이코드 솔로를 연주해봤지. 마샬 앰프를 타고 뻗어나가는 빈티지하고 날카로운 전기 입자들이 숲속을 가득 메우고 있어.

"으, 귀가 찢어지겠다고."

영감이 내 앞에서 두 귀를 막으며 말했지.

그래, 실제로도 내 앞에 있는 건 다 찢어버리겠다는 노래니까.

그런데 갑자기 하이코드 솔로가 기억나지 않았어.

손가락도 멈추고 머리도 멈춰버렸지.

다시 숲속엔 앰프의 화이트노이즈만이 울려 퍼지고.

왜 그 간단한 리프가 떠오르지 않는 걸까?

그때 영감이 내게 말했지.

"기타로 처음 연습했던 곡 기억나?"

그래, 아마 오아시스의 〈원더월〉이었나?

Em-G-D-A.

이런 건 특별히 머리에 코드가 안 떠올라도 손이 움직여.

다음엔 〈리브 포에버〉였고 그 다음엔 〈섬 마이트 세이〉였나?

아무튼 그런 곡을 처음으로 연습했었어.

"고등학교 때는 방구석에 처박혀 스케일만 여섯 시간씩 연습한 적도 있었어요. 던롭 피크 50개를 비닐봉지에 넣고 들어가서 다 닳아 없어질 때까지 연습만 할 거라고 다짐했었죠."

"마치 킥플립을 연습했던 것처럼?"

"맞아요. 그러고 보니 두 가지가 비슷하네요. 기타도 말이죠, 정말 죽어도 안 되던 게 굳은살 박이고 갈라지고 피나고 다시 굳은살 생기면 어느 날 갑자기 되거든요."

"음악은 창의적인 분야지만 악기를 다루는 건 철저하게 운동이고 노동이지. 흡사 스포츠와 같아."

"맞아요. 보드의 첫 번째 관문이 알리라면 기타에는 바레코드가 있죠. 기타를 처음 잡으면 누구나 바레코드란 벽에 부딪히죠. C코드 G코드 잡다가 이걸 잡으려니 아무리 해도 소리가 안 나거든요. 물집 잡히고 손가락에 마비 올 때까지 연습해도 진전이 없죠. 아마 바레코드에서 남자애들 50, 여자애들 70이 포기할걸요.

그렇게 F코드 공포증에 시달리다 그만두는 거죠. 그런데 아무리 진전이 없어도 계속하다 보면 어느 날 갑자기 소리가 나요. 어제까지 안 되던 게 말이에요, 아주 깨끗하게 소리가 나죠."

"이해가 빨라서 좋군."

"그래요, 완벽한 세포를 만든 다음 날 말이에요."

그가 말했어.

"그러니까 스케이트보드와 기타가 이렇게 같은 숲속에 있는 거라고."

뭐 그의 말을 다 알아들을 수는 없지만. 아무튼 이렇게 오랜만에 기타를 잡고 있으니 치고 싶은 곡들이 너무 많았어. 그런데 제대로 기억나는 게 없다는 게 문제지. 타브악보라도 구할 수 있으면 좋을 텐데 말이야.

"그렇다면 내가 여기서 그걸 찾아주면 되는 거지?"

내 생각을 읽은 영감이 말했어.

그렇긴 한데 그런 게 여기 있을 리가 없잖아요.

영감은 어디에선가 사다리를 찾아와 나무 위로 올라갔어.

"네가 연주하고 한번 머릿속으로 들어간 음표와 코드, 리프 들은 전부 여기에 기록되어 있지. 여기저기 이어져 있는 이 나뭇가지와 가지 사이에 말이야."

그가 나무 위에서 가위를 움직이자 순간 사방이 번쩍였어.

그때마다 나뭇가지에는 알록달록한 열매 같은 게 열렸지.

한 번 더 사방이 번쩍.

스파크와 함께 나뭇가지에 매달린 작은 열매들이 보였어.

근데 저건 열매가 아니라 피크잖아?

알록달록하게 빛나는 핑크색 나일론 피크, 0.8밀리 검정색 톨 텍스 피크, 울텍스 삼각 피크, 0.73밀리 하늘색 물방울 피크.

그래, 모두 내가 실제로 쓰던 것들이야.

나뭇가지에 열린 던롭 피크 열매. 이 기이한 광경이 펼쳐지는 곳에 선글라스를 낀 칼 라거펠트가 올라가 있어. 사다리를 타고 마치 정원사처럼 말이야. 그리고 그가 움직일 때마다 악보가 아 래로 툭툭 떨어졌지.

그리고 그건 모두 내가 연주하고 연습했던 것들이었어.

스매싱 펌킨스, 스트록스, 리버틴스.

"이 정도면 충분하려나?"

마치 보물을 찾은 느낌이었어.

그런데 이게 어떻게 된 일이지?

어떻게 이런 걸 할 수 있냐고.

"말했다시피 외계인은 배려심이 깊거든."

그가 나무에서 내려와 손을 털며 말했어.

"지구에서 온 손님이 지루해서는 안 되잖아?"

그래, 뭐가 뭔지 모르겠지만 이 정도면 충분하다고. 내가 흠모 했던 기타와 출력 좋은 앰프가 있는데 더 바랄게 없지. 그런데 한

가지 빠진 게 있어. 난 언젠가 팔아버린 나의 보스 멀티이펙터가 떠올랐지. 하루 종일 방구석에 앉아 만든 수십 개의 톤들이 패치로 저장되어 있던 거 말이야.

"이펙터라고?"

그가 내게 말했어.

"뭐, 귀찮게 할 생각은 없지만 마지막으로 그것까지 구할 수 있다면 더 재미있는 우주 생활이 될 거예요. 사실 전자기타는 전기 장난이거든요. 디스토션, 드라이브, 딜레이 정도는 꼭 필요하죠. 아무래도 여기서 그런 이펙터나 페달보드 같은 걸 구하긴 쉽지 않겠죠?"

"아니, 어려울 거 없어. 네가 확실히 그 소리들을 기억하고 있다면 말이야. 하지만 그 소리들을 찾으려면 서쪽 끝에 있는 창고로 가야 하지. 사실 저 기타도 그곳에서 찾아왔거든. 그러니까 좀 기다리라고 지구인 친구. 네가 필요한 소릴 모두 가져와 여기 놔둘 테니까. 왜냐하면 '기억'은 후각과 함께하지만 청각과는 다른 곳에 저장되거든."

8월 2일
보라색 제트기

눈을 뜨자 탁자 위에 메트로놈이 보였어.

보였다기보다 생겨났다는 게 맞을지도.

이곳은 내가 필요한 걸 생각하면 실체로 나타나는 것 같아.

베드 트레이 위에는 알록달록한 시리얼과 우유가 놓여 있고.

나는 엄마가 싫어하는 설탕이 범벅된 시리얼을 접시에 가득 부었어. 그리고 우유에 적당히 눅눅해진 시리얼을 먹어치웠지.

나는 다시 탁자 위의 메트로놈을 들고 전기 숲으로 향했어.

어제도 해가 질 때까지 기타를 쳤었는데.

어느새 호수공원을 둘러싼 벚꽃이 절정에 다다르고 있었어. 한적했던 공원에 사람들이 꽤 보이기 시작했지.

나는 스케이트보드 파크를 지나 전기 숲으로 향했어. 왠지 나뭇가지들이 더 울창해진 느낌이야. 이제는 햇빛을 빈틈없이 다 가릴 정도였지. 허리까지 오던 풀숲도 하루 만에 겨드랑이 까지 자랐어. 그리고 전기 숲 한가운데 들어서자 어제는 없던 기타들이 세워져 있었지.

펜더 재규어, 깁슨 레스폴, SG와 그레치 할로바디.

모두 기타 스탠드에 일렬로 줄을 맞춰서.

마치 기타 갤러리처럼.

바닥엔 내가 팔아버렸던 보스 멀티이펙터가 놓여 있고.

영감이 일을 제대로 했군.

나는 나의 기타 갤러리에서 흰색 레스폴을 뽑아 들었어.

그리고 케이블을 꽂고 이펙터의 페달을 밟았지.

오버드라이브, 부스터, 하이게인.

전부 내가 저장해놓은 그대로잖아?

쭉쭉 뻗어가는 나의 기타 솔로가 울창한 숲을 뚫고 나갔어.

육중한 디스토션은 바위도 무너뜨릴 것 같았지.

그런데 어제부터 느낀 거지만 여기서 기타를 치면 뭔가 희미했던 것들이 다시 살아나는 기분이 들어. 중요한 건 기분이 아니라 실제로 그렇다는 거야.

이 바위 공터에서 강렬한 전자기타 사운드가 울려 퍼질 때마다 이 세계는 확장되고 있다고. 이제는 실시간으로 그게 느껴질 정도야. 숲은 어제보다 더 울창해졌고 거리엔 없던 사람들이 생겨났지. 공원에는 카페가 생기고 호수 안에는 보트와 튜브스터를 타는 사람들이 생겼어. 마치 한적했던 시골이 도시로 변해가는 것 같았지.

"이걸 찾느라고 창고를 얼마나 뒤졌는지 알아?"

칼 라거펠트가 내 앞에 보라색 이펙터를 들고 나타났어.

얼굴에는 검정 마스크. 귀에는 방음용 헤드폰.

나는 발자국으로 더러워진 보스의 보라색 플랜저를 받아 들었지. 기타에 물리면 제트기 소리가 나는 이펙터 말이야. 지금 내 발 아래 놓인 멀티이펙터로도 비슷한 소릴 만들 수 있지만 이런 아날로그 특유의 소리는 못 만들거든. 디지털로 만든 톤과 직접 회로에서 전기를 변형시켜 출력하는 아날로그의 느낌은 다르지.

"다른 건 찾기 쉬웠는데 이건 정말 깊숙한 곳에 있었다니까. 찾는 데 엄청나게 고생했다고. 알아?"

그래, 나도 왜 이게 갑자기 생각났는지는 모르겠어. 다만 어제 이곳에서 기타를 치는 내내 즈완의 〈어니스트리〉가 생각났거든. 인트로부터 비행기가 날아가는 소리로 시작되는 곡 말이야. 곡 전체에 플랜저를 물린 일렉기타 소리가 깔리고 빌리 코건의 멋진 기타 솔로가 있는 곡.

상상해봐.

이 청명한 하늘과 울창한 숲 위로 제트기 한 대가 날아가면 멋질 것 같지 않아?

게다가 이런 야외무대는 더 끝내준다고.

이 넓은 공간을 제트기가 날아오르는 소리로 꽉 채우는 거야.

정말 소름 돋게 멋진 일이지.

비록 관객은 은발 노인 한 명이라도 말이야.

나는 기타 스탠드에서 하늘색 펜더 재규어를 뽑아 들고 보라색 플랜저에 물렸어.

나의 스트로크와 함께 제트기가 날아오르는 소리가 울려 퍼졌지.

공중으로 부서지는 전자 입자들.

증폭, 위상차, 시간차.

이제는 손이 가는 대로 쳐도 기억이 속속 떠올라.

7플랫 G줄에서 시작되는 기타 솔로.

그래 이 모든 게 한 번에 떠오른다고.

마치 어제가 열아홉 살이었던 것처럼 말이야.

난 칼 라거펠트에게 말했어.

"궁금한 게 있는데, 기타를 칠 때마다 이 세계가 풍성해지는 게 느껴져요. 내가 착각하고 있는 건가요?"

"스페이스 보이. 혹시 그거 알아?"

"전기 자극으로 치매 환자의 기억을 살리는 거."

8월 3일
아이스 아메리카노와 굵은 설탕

이틀 전만 해도 없던 카페테리아에 앉아 있어.

이쯤에 카페테리아 하나가 있으면 좋겠다고 생각했는데.

이 흐드러진 벚꽃 아래 말이야.

계속되는 쾌청한 날씨도 내가 설정해놓은 것처럼 맘에 들어.

내 맘을 알아챈 듯 어느새 종업원이 다가와 커피를 놓고 가지.

기다란 컵에 가득 찬 아이스 아메리카노.

그리고 그 옆엔 굵은 자라메 설탕.

마치 내 취향을 꿰뚫고 있는 듯.

이건 커피에 단맛이 섞이는 걸 싫어하는 사람이 먹던 방식이
야. 그리고 어느새 나도 이렇게 마시고 있었지.

이렇게 차가운 아메리카노에 굵은 설탕을 넣으면 녹지 않고 전

부 밑으로 가라앉거든. 커피의 쓴맛은 그대로 느끼고 밑에 깔린 설탕만 빨대로 빨아서 씹어 먹는 거지. 이렇게 말이야.

오도독오도독.

"독특한 취향인데."

어느새 옆자리에 칼 라거펠트가 나타났어.

굵은 설탕이 깔린 아메리카노를 빨며.

"이거 꽤 맛있는데? 누가 고안해낸 거야?"

글쎄 누굴까?

"이거 완전 내 취향이야. 이렇게 머리가 쩡하도록 차가운 커피에 굵은 설탕을 씹으니 스트레스가 다 날아가는 것 같아. 근데 이 설탕은 뭔데 이렇게 맛있는 거야?"

일본 카스텔라에 쓰는 설탕이라고 했었나.

"이것도 그 여자한테서 영향 받은 거야?"

그는 가끔 뜬금없는 소릴 잘하는 것 같아.

내 취향에 맞춰주는 건 고맙지만.

"원래 이런 사소한 습관 하나가 인간을 힘들게 하는 법이지. 어느새 일상 속에 스며들어 지우려 해도 지워지지 않는 거 말이야."

그래, 아무리 빡빡 닦아도 지워지지 않는 게 있지.

"갑자기 궁금해졌는데 여기 온 이유가 뭐였더라?"

그것도 알고 있을 것 같은데.

"내가 있는 곳이 지겨워서요. 내가 사는 곳도 지겹고, 내가 사는 나라도 지겹고, 그래서 지구까지 뜨게 된 거죠."

"터닝포인트 같은 게 필요했던 건가?"

"뭐 그럴 수도 있고요. 그래도 제가 오디션에서 선발될 줄은 몰랐어요."

"아니, 우린 네가 우주에 올 줄 알았는데? 400 대 1의 경쟁을 뚫고서 말이야."

그의 의미심장한 웃음.

"사실 연구원이나 박사학위 딴 고리타분한 인간들은 질렸거든. 대부분 우주에 오는 사람들이 그렇잖아. 우리도 뭔가 새로운 유형의 인간을 보고 싶었어."

"혹시 그것도 당신들이 한 거예요?"

"아니, 그럴 리가. 네가 사는 지구에서 그러던데? 평범한 일반인의 도전이 더 의미가 깊을 거라고. 그리고 넌 키도 크고 잘생겨서 사장된 우주산업을 홍보하기에 딱이지."

"제가 사는 곳에 대해 잘 아시네요."

"뭐 대충은. 그런데 어쩌지? 좀 있으면 그곳으로 다시 돌아가야 할 텐데. 그러면 너는 두 번째 우주인이 될 거고 엄청 유명해질 거야. 니가 진저리 내는 세상에서 말이지. 견딜 수 있겠어?"

"뭐 적어도 지금 이 상황보다 이상하지는 않겠죠."

"그래, 우리가 해줄 한 가지 선물은 생각해봤고?"

"아직 외계인의 능력이 어디까지인지 몰라서요."

선글라스 안으로 보이는 그의 주름진 웃음.

"네가 상상한 거 이상이니까 부담 갖지 마. 상상력을 동원해보라고."

"여기 온 다른 우주인들은 어떤 소원을 말했나요?"

"설마 몰라서 묻는 거야? 좋은 집, 멋진 차, 화려한 리조트와 호화 요트. 이런 걸 가지려면 뭐가 필요하지? 너네 지구에서 가장 위대한 가치 있잖아. 그런 의미에서 말하자면 외계인이 로또번호 몇 개 챙겨주는 건 일도 아니야."

"만약 제가 유명한 축구 스타 같은 게 되고 싶다면요?"

"불가능하다고 생각해? 인간들의 소원은 대부분 비슷하지. 네 선배 중에서도 그런 소원을 말한 사람이 있었어. 지금으로 치면 메시나 호날두 정도 되겠지. 맞아, 아주 좋은 생각이야. 로또번호 몇 개 당첨되는 것보다 훨씬 창의적이잖아? 결론부터 말하면 물론 가능해. 줄기세포 뽑아서 손 좀 보고 유전자 지도 좀 고쳐놓으면 되거든. 우린 그의 기억을 지우고 그의 나이도 거꾸로 돌렸어. 배아 단계에 있는 만능 줄기세포는 인간의 뇌, 근육, 뼈, 피부 등 신체의 어떤 기관도 처음으로 돌릴 수 있지. 그래서 그는 열일곱 살로 돌아가 새 삶을 시작했어. 그는 우리가 심어놓은 내적 동기부여에 따라 최고의 축구 선수로 성장하게 되지. 괜히 인간의 한계를 뛰어넘는 선수를 외계인이라고 부르는 게 아니라고. 물론 그는 그게 외계인이 한 짓이라는 걸 죽을 때까지 모르겠지만."

이게 정말 가능한 일이야?

"우주인이 갑자기 사라지면 사람들이 이상하게 생각할 텐데요."

"넌 1994년에 우주에 온 미국 우주인이 지금 뭘 하고 있는지 알아?"

"그건 알 수 없지만 적어도 그의 가족이나 부인, 사랑하는 사람들은 그의 존재를 잃게 되는 거잖아요. 그래서 경찰이나 정부기관에 실종 신고라도 하면 어쩌죠?"

"스페이스 보이, 외계인을 얕보지 말라고. 우린 그렇게 허술한 짓은 하지 않아. 본래 우주인의 존재가 사라지는 걸 왜 걱정해? 우린 너처럼 다 큰 성인의 체세포로도 배아복제를 할 수 있는데. 우린 그가 얼마나 늙을지 얼마나 주름질지 알고 있지. 그의 유전자 지도만 펼쳐놓으면 훤히 다 보인다고. 아, 인간들이 말하는 생명윤리나 인도주의적 관점에 반하는 행동인가?"

그러니까 살아 있는 사람과 똑같은 복제인간을 만들어낸다는 얘기야?

"안 될 리도 없잖아."

그래, 메시도 만들어낼 수 있는 수준이라면 당연하겠지. 그래도 인간 배아복제라니, 외계인의 문명은 상상 이상으로 대단한 것 같아.

"별로 대단한 것도 아니야. 문명이란 특이점을 만나면 급속하게 폭발하게 돼 있거든. 아주 먼 미래의 일 같지만 어느 순간을 지나면 아주 가까워지지. 가까워질 뿐만 아니라 아주 간단해져."

나와 똑같은 인간을 ISS에 띄워놓은 것처럼.

"오 그래."

"이런 것들을 알았으니 내 기억도 지워지겠죠?"

"뭐 전체적인 상황을 봐서. 그럴 수도 있고 아닐 수도 있지."

"당신들은 인간의 기억도 읽을 수 있죠?"

"그럴지도."

"원하는 만큼 삭제할 수도 있고요?"

"어쩌면."

"그럼 어제 나무에 한 짓은 뭐예요?"

"다 널 도와주려고."

"내가 기타를 치면 기억이 선명해진다는 건 무슨 말이죠? 알 수 없는 소리가 너무 많다고요."

"서두에도 말했을 텐데? 이곳의 언어 중 네가 모르는 것은 없다고. 여기 네 앞에 보이는 나무들을 봐. 여기저기 마구 엉켜 있는 가지들은 모두 기억을 가지고 있어. 보라고, 가지가지마다 전부 폴라로이드 사진 같은 게 덕지덕지 붙어 있잖아."

그런 건 전혀 보이지 않았어.

"물론이지, 넌 인간이니까. 하지만 원한다면 기억의 가지치기 정도야 해줄 수 있지."

기억의 가지치기.

"그걸 하기 위해서 여기 온 거 아니야? 모든 걸 잊기 위해서."

모든 걸 다 아는 듯한 저 미소.

"특별히 지우고 싶은 기억이라도 있어?"

그것도 왠지 알고 있을 것 같은데.

"그래, 그걸 하고 싶으면 짐 챙겨서 내일 여기로 나오라고. 가는 길이 좀 험할지도 모르니까 단단히 준비해둬. 네가 하고 싶은 건 이 도시의 한가운데에 있거든."

8월 4일
딥디크 정원과 라튤립

머리 위로 언제 질지 모르는 벚꽃이 흩날리고 있어.

그리고 어제와는 다른 종업원이 내게 다가왔지.

찰랑거리는 아이스 아메리카노와 굵은 자라메 설탕.

그리고 어디선가 본 것 같은 익숙한 얼굴.

익숙하지만 기억은 나지 않는 것들.

하지만 이제 조금씩 알 것 같아. 그녀는 분명히 내가 늘 가던 카페의 새벽 아르바이트생이거든. 졸린 눈으로 씩씩하게 주문 내용을 외치던 스코티시 폴드를 닮은 여자 알바생.

내가 그녀를 알아보자 유리컵에 T자 로고가 생겨났어. 그런데 학동역에 있어야 할 알바가 왜 여기 있는 거지? 이 넓은 우주에 말이야.

내가 드넓은 우주의 한편에서 커피와 설탕의 굵은 입자를 빨아들였을 때 칼 라거펠트가 나타났어.

"이럴 줄 알았다니까. 단단히 준비하라고 했잖아."

그가 커다란 백팩을 테이블 위에 올려놓으며 말했어.

"하지만 괜찮아. 이럴 줄 알고 내가 네 것까지 준비했거든."

그가 또 다른 백팩 하나를 테이블 위에 올렸어.

"대체 어디로 가는 건데요?"

"이 세계의 중심. 그리고 그 중심으로부터 깊게 들어간 세계의 심부."

내가 배낭을 메고 그를 따라나서며 말했지.

"꼭 그곳에 가야만 할 수 있는 건가요?"

"사실 이 바깥세상에 있는 것들은 평범한 것들이지. 기억이지만 단순한 것들 말이야. 기억이라 부를 수도 없는 일종의 정보들이지. 인간들은 특별한 감정은 다른 방식으로 좀 더 깊은 곳에 저장해두더군."

"당신은 내가 어느 부분을 지우고 싶은지 알고 있나요?"

"그런 건 나도 알 수 없어. 하지만 누구나 자신의 가장 찬란하고 눈부신 곳에 그런 것을 함께 두고 있지."

그와 나는 만개한 벚꽃이 휘날리는 호수공원을 빠져나왔어. 그 사이 더 많은 것들이 생겨난 듯했지. 그리고 얼마 지나지 않아 우린 험한 비포장도로를 만났어.

이랑과 고랑이 겹쳐지는 험난한 흙길이었어.

내 앞에는 검은 정장에 백팩을 멘 노인이 걸어가고.

그 울퉁불퉁한 길을 꽤 걸어가자 첫 번째 언덕이 나왔어.

그 언덕은 마치 튜브로 만든 만리장성 같았지.

우린 그 젤리 같은 언덕을 올라갔어.

물컹물컹한 회백질 땅을 말이야.

"조심하라고. 여기서 삐끗해 이 젤리 같은 걸 손상시키는 순간 원하지 않는 걸 경험할 테니까."

언제쯤 그의 말을 다 이해할 수 있을까.

이윽고 그와 난 그 회백질 언덕의 정상에 올라섰지.

"다 왔다고, 스페이스 보이. 내려갈 때는 이렇게 힘들이지 않아도 되거든."

그와 나는 마치 워터파크에서 미끄럼틀을 타듯 밑으로 미끄러졌어.

마치 사막의 모래언덕을 타고 내려가듯.

온통 땀으로 뒤범벅된 그와 나의 얼굴.

우린 다시 흙길 위로 굴러떨어졌지.

그리고 영감이 나를 불렀어.

"여기서 목 좀 축이고 가지."

그는 솔방울 모양으로 파인 샘으로 걸어 들어갔어.

나는 회백질 사막 위에 덩그러니 놓여 있는 솔방울 샘을 바라봤지.

그건 마치 사막 위의 오아시스 같았어.

그가 그곳에서 땀을 닦으며 말했지.

"이 휴게소의 이름은 '영혼의 자리'야. 데카르트가 주인이지."

그래, 언제쯤 그의 말을 이해할 수 있을까?

"혹시, 불면증이 있거나 수면 조절을 하고 싶으면 여기서 말하라고."

그는 약수터 노인처럼 백팩에서 손잡이 달린 스틸 컵을 꺼내 샘물을 떴어. 이제야 그 나이에 좀 어울리는군. 그가 말했지.

"이걸 마시면 밤에 잠이 잘 올 거야. 이걸 마시면 계절을 타는 성격도 고칠 수 있지. 넌 아마 해가 짧아지는 겨울에 우울증이 생길 거야. 그리고 넌 오후 2시나 돼야 일어나고 새벽 6시가 넘어야 잠이 들지."

외계인은 생체리듬도 읽을 수 있는 건가?

"이 솔방울 샘을 들여다보면 알 수 있거든. 그러니까 어서 들이켜라고."

컵에 한가득 담겨 있는 투명한 샘물.

"스페이스 보이, 이건 물이 아냐. 멜라토닌이라고."

오 제발.

"시원하게 들이켰으면 이제 좀 더 중심으로 들어가보자고. 여기서 조그만 더 가면 아름다운 게 있을 거야. 벌써 싱그러운 향기

64

가 나는 것 같지 않아?"

그와 나는 이전과 다른 주름 없는 평평한 땅을 걸어갔어.

"자, 눈앞에 펼쳐진 걸 보라고."

그의 말에 고개를 돌리자 정말이지 눈부신 햇살이 비치는 곳이 펼쳐졌어. 마치 흐린 날 구름 사이에 햇살이 이곳에만 비치고 있는 느낌. 싱그러운 꽃향기와 향긋한 숲속 냄새가 풍기는 아름다운 정원이 내 눈앞에 펼쳐졌어.

나는 그곳으로 다가가 비옥한 검은 흙을 밟았지.

그 기름지고 촉촉한 흙에서는 진한 향기가 났어.

잘 익은 코코넛과 쌉싸름한 야생의 무화과 냄새.

무화과 향을 정확히 맡아본 적은 없지만 어쨌든 그런 향기였어.

흙에서 어떻게 이런 싱그러운 향기가 날 수 있는지 경이로울 정도였지.

"왜냐하면 그건 흙이 아니니까."

그가 말했어.

"네가 '흙냄새'라는 왜곡된 이미지를 만든 거야. 이건 흙이 아니라 필로시코스라고. 딥디크 필로시코스."

딥디크 필로시코스?

그게 대체 무슨 말이야?

나는 그를 따라 정원의 가운데로 걸어 들어갔어. 그러자 쌉싸름한 향기는 사라지고 달콤한 꽃향기가 나기 시작했지. 그리고 눈이 시릴 정도로 광활한 노란 꽃밭이 펼쳐졌어.

그가 내 앞에서 다시 말했지.

"이 꽃의 이름은 뭔지 알아?"

이건 누가 봐도 프리지아인데 말이야. 꽃에 대해 전혀 모르는 사람도 이게 프리지아라는 건 알 거야. 그런데 프리지아 향기가 이랬나? 원래 프리지아 꽃에서 이런 물 향과 비누 향이 났었나? 이건 분명 막 샤워를 마치고 나온 몸에서 나는 비누 향과 물 향인데 말이야.

"왜냐하면 이건 프리지아가 아니라 산타마리아 노벨라니까."

대체 이건 또 무슨 소리야.

영감은 알 수 없는 말을 계속 늘어놓으며 날 앞장서 갔어.

그러자 이번엔 화려한 튤립 밭이 눈 앞에 펼쳐졌지.

흰색 튤립과 연한 핑크색 튤립, 그리고 진한 핑크색 튤립이 아름답게 그러데이션 되어 있었어.

그가 튤립을 하나 꺾어 내 가슴 포켓에 넣었지.

촉촉한 물기를 머금은 진한 핑크색 튤립이었어.

"마지막이야. 이건 뭔지 알겠어?"

'튤립' 말고는 그 어떤 이름도 떠오르지 않았지만 말이야.

"또 틀렸다고. 이건 그냥 튤립이 아니라 바이레도 라튤립이야."

그건 또 어떤 튤립이라는 거야?

나는 내 가슴에 꽂힌 튤립을 꺼내 향기를 맡아봤어.

분명히 튤립인데 진한 아카시아 향이 났지.

이건 정말 확실해.

내게는 너무나도 익숙한 아카시아 냄새거든.

내가 다시 한 번 튤립의 향기를 맡자 놀랍게도 튤립의 줄기에 바이레도라는 음각이 새겨졌어.

그의 말대로 말이야.

B-Y-R-E-D-O.

L-A-T-U-L-I-P-E.

그리고 그제야 나는 이게 무슨 말인지 알게 됐지.

흙냄새 나는 정원과 비누 냄새 나는 프리지아.

그리고 아카시아 향이 나는 튤립.

모두 우리가 함께 걸었던 길에서 나던 향기.

"내 말이 맞죠?"

하지만 그는 대답해주지 않았어.

뒷짐을 진 채로 그저 묵묵히 앞을 행해 걸어갔지.

그를 따라 이 아름다운 정원을 벗어나자 어둠이 찾아왔어.

향기로운 것도 다 사라지고 바닥도 어느새 거친 자갈밭으로 바뀌었지.

앞장서던 영감이 배낭에서 무릎까지 오는 긴 장화를 꺼냈어.

"너도 갈아 신어."

나도 그를 따라 배낭에서 장화를 꺼냈어. 작업용 같아 보였지만 이건 분명히 헌터부츠야. 우리가 페스티벌에서 같이 신었던 그 부츠.

"이제야 말이 좀 통하겠네. 스페이스 보이, 이제 아마 질척거리는 늪이 나올 거야. 어두워서 바닥이 안 보이니까 조심하라고."

그리고 정말 몇 걸음 지나지 않아 악취가 나는 끈적거리는 곳에 도착했어. 발을 뗄 때마다 끈적한 것이 계속 올라왔지.

마치 생선 썩는 냄새 같기도 하고.

그때 눈앞에서 희미한 빛이 껌벅거렸어.

"오, 그거 함부로 건드리지 말라고."

내가 뾰족 튀어나온 가시 같은 것을 건드리자 알 수 없는 것에 빛이 들어왔어. 그것은 마치 거대한 해마가 누워 있는 모습을 하고 있었지. 그 해마는 우리를 둘러싸고 일정 간격으로 아주 희미하게 빛나고 있었어.

암흑-점등-암흑-점등.

그와 나를 둘러싼 거대한 해마 램프.

그것은 일정 간격으로 빛나다 튀어나온 가시나 돌기를 건드리면 아주 눈부시게 번쩍였어.

"이걸 잘못 건드렸다간 알츠하이머에 걸릴지도 몰라. 그 나이에 치매에 걸리고 싶지는 않겠지? 여기서는 나 같은 숙련자의 통솔 없이는 함부로 행동하지 말라고."

그의 말과 함께 다시 암흑. 그리고 점등.

움직일 때마다 발밑은 끈적거리고.

"그래도 다행이야. 대부분의 인간들은 자신이 지우고 싶은 기억들을 아주 깊은 곳에 꽁꽁 숨겨놓거든. 정말 깊은 곳에 있는 걸 꺼내려고 할 때는 질척거리는 늪 속으로 끝없이 침잠해야 하지. 이 악취 나는 곳을 말이야. 아니면 딱딱하게 굳어버린 땅을 한없이 파야 할 때도 있어. 사랑했던 순간, 증오했던 순간, 임팩트가 클수록 기억의 음각은 깊게 파이지. 그 음각이 클수록 덮는 데 오랜 시간이 걸려. 하지만 이곳이라면 이 프리티한 장화로도 충분하겠네. 다행이야, 잘 다린 빳빳한 슈트가 엉망이 되지 않아서."

거대 해마로 둘러싸인 늪에서 칼 라거펠트가 본격적으로 작업을 하기 시작했어. 그가 계속 안으로 다가서자 알 수 없는 물고기들이 파닥거리며 물속에서 튀어 오르고 있었지. 마치 갓 잡은 활어들처럼 말이야.

그는 무릎까지 질척거리는 늪의 아래로 내려가 그물을 당겼어.

그리고 내게 말했지.

"내가 보기엔 얼마 안 된 기억들 같아. 이렇게 팔딱거리는 것만 봐도 알 수 있지. 아니면 아직 너무 생생하게 남아서 그 힘을 잃지 않은 걸 수도 있고. 뭐 나와는 상관없는 일이니까 길게 얘기하지는 않을게. 넌 이제 내가 걷어 올리는 물고기들을 닥치는 대로 잡아 없애면 돼. 양이 꽤 많아 보여. 아주 많은 시간과 기억들이 있다는 소리지. 여기에는 네가 자각하고 있는 것과 자각하지 못하는 것까지 모두 있어. 싱싱하게 파닥거리는 물고기일수록 실체에 가깝지. 그럼 그 싱싱한 기억들부터 없애볼까? 저항이 꽤 만만치 않을 거야."

난 내 앞에서 파닥거리는 물고기를 두 손으로 잡았어.

순간 해마 램프가 눈이 멀 정도로 번쩍였지.

그리고 수백 개의 이미지가 컴컴한 하늘 위로 스쳐 지나갔어.

"무슨 문제라도 있어?"

팔을 걷어붙인 칼 라거펠트가 내게 말했지.

나는 다시 파닥거리는 물고기를 잡았어.

내 손에서 물고기가 파닥거릴 때마다 플래시처럼 이미지가 펑 하고 나타났다 사라지고 있어.

"제가 여기 온 이유는요."

"그런 건 말하지 않아도 돼. 어서 이 더러운 것들을 잡아 없애라고."

하지만 난 판단이 서지 않았어.

"이제 와서 무슨 소리야? 내가 당기는 이 그물만 봐도 네가 그동안 얼마나 힘들었는지 알 수 있어. 이건 이른바 각성의 그물이지. 이 기억들을 지탱하고 있는 망상활성화계야. 그런데 짱짱해야 할 그물이 이렇게 다 해지고 찢어져 있잖아. 그래서 넌 이 기억들을 제어하지 못하는 거라고. 이 해진 틈 사이로 물고기들이 매일같이 빠져나와서 널 괴롭히잖아. 듣고 있어?"

그가 다시 한 번 해진 그물을 걷어내며 말했어.

"잘 생각하라고. 단기기억이나 감각기억에는 왜곡이 안 생겨. 하지만 장기기억에는 왜곡이 생기지. 이렇게 오래된 기억들은 시간이 지나 희미해진 장면들을 네 상상력으로 채워 넣거든. 제 좋을 대로 왜곡해서 말이야. 무슨 말인지 알겠어? 흔히 기억은 미화된다는 게 이것 때문이지. 아무리 힘든 기억도 상상력으로 왜곡해서 미화시키는 거야."

하지만 난 이것들을 지울 수 없었어.

눈앞에서 번쩍이는 이미지들을 볼 때마다 오히려 난 확신할 수 있었지. 내가 돌아가야 할 곳과 내가 있어야 할 곳을 말이야.

그리고 이제 이 세계가 무얼 의미하는지도 알아버렸어.

8월 5일
레드오렌지 맥 스프

눈을 뜨니 다시 양호실이야.

혹시 이런 꿈 꾼 적 있어?

꿈속에서 꿈을 꾸는 꿈.

어젯밤 꿈에서 외계인이 나를 수술실에 눕혀놓고 내 머리를 갈라 나의 뇌 속을 여기저기 쑤셔보고 있는 꿈을 꿨어.

꿈속의 꿈.

푹 젖어 있는 머리.

흙탕물이 말라붙어 있는 헌터부츠.

꿈에서 깼지만 난 아직 꿈속이야.

나는 침대에서 일어나 복도로 나왔어.

그리고 3학년 4반 앞에 있는 철제 사물함을 뒤졌지.

그리고 그곳에서 오래된 책 하나를 찾았어.

『논리 철학 논고』―비트겐슈타인

그리고 나는 비로소 이곳이 어딘지 확신할 수 있었지.

난 책을 들고 호수공원으로 나갔어.

이제 여기는 메트로시티야.

덩그러니 있었던 카페도 이제 여러 개지.

그리고 그것들은 전부 내가 갔던 곳들이야.

익숙하든 아니든.

난 내가 별로 좋아하지 않았던 브런치 카페로 들어갔어.

그리고 익숙한 테라스 자리에 앉아 책을 넘겼지. 그 순간 칼 라 거펠트가 내 앞에 나타났어. 마치 웨이터처럼 한 손에 트레이를 끌고서.

"늘 드시던 걸로 준비했는데."

그는 레드오렌지색 스프를 테이블 위에 올려놨어.

"정확한 이름은 맥이 만든 레이디데인저 스프죠."

그가 말을 이었어.

"자주 먹었던 거라 맛이 익숙하실 거예요. 손님께서 늘 말했잖 아요. 내가 먹는 건 내가 사는 성격이라고. 그래서 늘 립스틱을 선 물하셨죠?"

그가 유리컵에 주스를 따르며 속삭였어.

"색만 봐서는 자몽 퓌레 같지만 그런 맛은 아니에요."

"이건 바비브라운이 만든 건가요?"

"아니요. 정답은 나스가 만든 히트웨이브 퓌레죠."

"그래요 알겠어요. 이제 당신이 무슨 말을 하는지 알겠다고요. 그러니까 이제 마음대로 내 기억의 파편을 형상화하는 일은 그만 둬요."

그의 주름진 웃음.

"그리고 당신이 내게 처음 했던 말도 뭔지 알았어요."

언어의 한계는 곧 사고의 한계다.

"언어는 한계는 사고의 한계고 세계는 사물이 아닌 사실의 총체다. 그리고 이 세계는 바로 나의 뇌 속이죠."

그가 선글라스를 고쳐 쓰며 내게 말했어.

"말할 수 없는 것에는 침묵해야 한다."

"그래요 그것도 전부 비트켄슈타인의 말이죠. 당신은 나도 잊어버린 15년 전에 읽은 책의 구절을 알고 있어요. 왜냐하면 이곳에서 나를 읽었기 때문이죠. 나도 잊어버린 나의 뇌 속 깊숙이 박혀 있는 문장을요. 그러니 더 이상 날 기만하는 장난은 하지 말아요. 더 이상 나의 뇌를 마음대로 열람하지도 말고요. 당신들의 위대한 문명으로 봤을 때 인간의 뇌는 더 이상 연구할 필요도 없잖아요."

"그건 나로서도 어쩔 수 없는 부분이야. 어쨌든 여기 온 지구인 손님은 2주가 지나야 깨어나게 되어 있거든. 그동안 좋든 싫든 너는 여기 있어야 해. 너의 의식 안에 말이야. 분명히 말하지만 우리가 한 게 아니라 너희 인간들이 한 짓이라고."

좋든 싫든.

"그래. 이제 모든 걸 깨달았으니 더 즐겁게 남은 시간을 보낼 생각 없어? 사실의 총체로 구성된 이 세계를 봐. 너의 기억으로 형상화된 도시 위를 걷는 게 흔한 경험은 아니잖아?"

내 기억이라 하기엔 이질적인 게 너무 많지만.

"아직 모르는 게 있는 것 같은데, 인간의 뇌가 저장할 수 있는 이미지는 무한정이라고. 아무리 많은 기억으로 자신의 뇌를 채운다 해도 절대 다 채울 수 없어. 가령 네가 잊었다고 생각하는 것들도 완전히 사라진 건 아니지. 단지 그 기억이 어디에 있는지 찾아내지 못했거나 재생해내는 데 실패했을 뿐이야. 일시적으로 그 기억을 찾아내지 못했다 하더라도 나중에 어떤 계기나 실마리를 통해 기억해낸다면 그것도 장기기억이지. 여기는 그런 세상이야. 네가 첫날 놀이공원에서 만난 사람들도 아이스크림을 건네던 점원도 네가 언젠가 만난 사람들이라고. 단지 네가 기억을 불러내지 못했을 뿐이지. 말하지 않았나? 이곳에 있는 모든 것에는 의미가 있다고."

익숙하지만 기억은 나지 않는 것들.

"그래, 저들을 모두 알아보고 싶다면 전자기타를 열심히 치라고."

"이 세상이 넓어지고 선명해지는 것도 그것 때문이죠? 내가 전기 숲에 들어가서 전자기타를 쳐서."

"맞아, 인간의 뇌는 사실 수많은 전기신호의 집합체거든. 우리가 생각하고 기억하는 사이 뇌 속 뉴런들은 반짝이는 전기신호를 주고받으며 쉬지 않고 움직이지. 이 세계의 나무들이 뉴런이고 가지들이 수상돌기라고. 전기 자극을 주면 떨어진 가지들이 서로 연결되며 잊힌 기억들이 살아나는 거지. 찢어진 사진이 다시 붙는 것처럼 말이야."

"내게 기타를 치게 한 것도 실험 중 하나였나요?"

"미안하지만 우린 이미 그런 단계는 넘어섰어. 그저 메타포였을 뿐이지. 그래, 확실히 플랜저라는 주파수의 파장이 효과가 좋긴 했어. 특정한 기억을 드러내서 지우려면 일단 전기 자극으로 선명해져야 하거든. 그래야 우리도 원하는 것만 지울 수가 있지. 그래서 말하는데 다시 물고기를 잡으러 갈 생각 없어? 난 너의 문제가 뭔지 알아버렸다고. 그물도 깔끔하게 재단해줄게. 더 이상 고통받지 않도록 말이야. 난 이 분야 최고의 기억재단사라고."

8월 6일
밤바람에 실려오는 아카시아 향

창밖으로 촉촉이 비가 내리고 있어.

여기 와서 처음 보는 비지.

양호실에는 어느새 물건들이 많아졌어.

물건이라기보다 기억의 파편이라고 불러야 하나?

거울 앞 책상 위엔 어느새 향수들이 줄지어 있었어.

검정색 딥디크, 금색 산타마리아 노벨라, 흰색 바이레도.

그리고 레드오렌지색 나스와 맥 립스틱.

슈프림 티셔츠, 반스 운동화, 스케이트보드,

헌터부츠, 메트로놈, 던롭 피크.

그리고 첫날부터 소파 위에 놓여 있던 입생로랑 백.

그래, 저게 여기서 유일하게 모르는 사실이군.

영감이 있다면 기타를 열심히 치라고 하겠지.

기억 재활.

그들은 전기 자극을 통해 뇌의 잠재력을 실험하고 있어.

나는 그들에게 뇌를 제공한 지구인.

나는 가슴이 답답해졌어.

그의 말대로라면 내 망상활성화계가 해지고 찢어져서래.

그건 실제로 그물처럼 생긴, 각성을 담당하는 뇌의 구성체야.

솔방울 샘은 솔방울 모양으로 생긴 뇌의 구성체지.

그곳에서 나오는 멜라토닌은 인간의 우울함을 증폭시켜.

나는 흙 묻은 헌터부츠를 신고 밖으로 나가봤어.

번화해진 호수공원, 비가 내려 하얀 벚꽃잎을 적시고 있어.

언젠가 봤던 광경, 언제가 봤던 냄새, 언젠가 봤던 계절.

그들은 이 세계를 더 크게 만들기 위해 내가 각성하길 바라.

뇌 줄기로부터 퍼져 있는 망상활성화계가 나의 각성을 담당하지.

모든 것이 선명해져야 지우고 싶은 걸 정확히 지울 수 있대.

하지만 모든 것이 선명해지니 더 이상 지우기가 싫어졌어. 기억은 시간이 지남에 따라 일그러지고 우리는 일그러진 부분을 상상력으로 채워서 미화시키지. 그리고 미화된 기억이 추억으로 왜곡돼서 과거를 그리워하게 하는 거야. 그런데 내겐 미화되지 않은 이 사실의 총체도 아름다워 보였어.

나는 비 오는 거리를 끝없이 걸었어.

날이 저물고 이 거리가 불빛들로 환하게 빛날 때까지 말이야.

이곳에는 이제 맥도날드도 생겼지.

그것도 한 개가 아니고 여러 개야.

나는 그중에서 예전 버전의 맥도날드로 들어갔지.

미니멀하지 않은 크고 투박한 빨간색 간판에 바닥재도 돌로 된 주황색 타일이지.

비 오는 날 맥도날드에서는 미국 냄새가 난다고 했어. 타일에서 올라오는 습기와 감자튀김의 기름 냄새 그리고 패티의 동물성 기름 냄새가 섞여서 말이야. 중학생 때였지. 비 오는 날 맥도날드에 가면 항상 네가 있었어. 넌 열두 살까지 미국에서 살았었잖아. 밀크셰이크에 감자튀김을 찍어 먹는 게 유행하기 전부터 넌 내게 그걸 가르쳐줬지. 심지어 넌 맥플러리에 찍어 먹었잖아. 언젠가부터 그런 트랜스지방과 설탕 덩어리는 안 먹지만.

난 맥플러리와 감자튀김을 들고 그곳에서 나왔어.

내가 기억하고 있는 그 맛이었지.

비가 그치고 기분 좋은 아카시아 향기가 불어왔어.

4월이나 5월 밤바람에 실려오는 아카시아 향 말이야.

"아카시아 향이라니. 세르주루텐 뉘 드 셀로판이라고."

어느새 칼 라거펠트가 내 옆을 나란히 걸으며 말했지.

내 감자튀김을 입에 물고서.

"넌 이게 진짜 아카시아 향이라고 알고 있었던 거야?"

나의 멍청한 사랑. 나의 소홀했던 로맨스.

이 세계의 모든 것은 너였는데.

"그래, 그걸 안 이상 더 고통스러워질 거야. 아마 누군가 비슷한 향수를 뿌려도, 어딘가에서 아카시아 향이 날 때도 그녀가 생각나겠지. 예전보다 훨씬 선명하게 말이야. 알고 있어? 텍스트로 저장된 기억, 이미지로 저장된 기억 전부 기억되는 즉시 왜곡되기 시작하지. 그런데 오직 후각신경으로 저장된 기억은 왜곡되지도 미화되지도 않아. 오직 냄새만큼은 시간이 지나도 변하지 않지. 왜냐하면 후각신경만이 오직 시상을 거치지 않고 그대로 기억의 뇌에 저장되거든. 그래서 늘 냄새가 희미해진 기억을 재생시키는 단서가 되는 거라고. 인간들이 흔히 말하는 향기가 기억을 불러오네 하는 게 절대 감성적인 말이 아니야. 완벽한 과학이지. 그러니까 할 거면 빨리 해야 해. 알다시피 이제 시간이 별로 없거든."

그가 자신의 유니크한 쇼핑백에서 어울리지 않는 가위 두 개를 꺼냈어.

"말해두지만 이건 불행해질 수도 있는 일이야. 망각은 기억을 해독할 수 없는 인간들에게는 혜택과 같은 거라고. 네가 계속 전기 자극을 가하면 끔찍했던 일이나 사고, 네가 겨우 지워버린 아픈 상처들까지도 선명해질 테니까. 너는 앞으로 잠도 제대로 못잘 거야. 내가 너의 솔방울 샘에서 봤는데 멜라토닌 분비도 엉망이더군. 망상활성계의 그물은 너덜너덜해져서 감정을 통제할 수 없을 거야. 그러면 오로지 그녀 생각만이 가득차서 다른 건 눈에 보이지도 않게 되지. 그리고 안타깝게도 여기 있으면 그것들은 더 선명해져."

"끔찍한 사실이 때로는 미화된 추억보다 나을 수도 있죠. 그리고 원래 인간은 외계인처럼 완벽하지 않거든요. 그런 의미로 지구에 돌아갈 때까지 기타나 치면서 시간을 보내야겠어요."

나는 다시 전기 숲으로 돌아왔어.

마샬 앰프를 켜고 노브레벨을 전부 올렸지.

그리고 보라색 플랜저를 펜더 재규어에 물렸어.

왜 이 노래가 갑자기 생각났는지는 모르겠어.

그때 나는 제트기 소리가 나는 플랜저를 쓰는 곡을 치고 싶었지. 그래서 즈완의 〈어니스트리〉를 커버했어. 이 노랠 같이 듣고 넌 가사가 예쁘다고 했었지. 번역도 해줬던 것 같은데 아마 난 별 관심 없었을 거야. 그리고 15년 동안 잊고 있었는데 이제는 선명하게 기억나. 스쳐 지나간 모든 것들이 말이야. 그때 네가 입었던 옷도, 단발머리도, 이 노래의 코드도, 메인 기타리프도, 빌리 코건의 솔로도, 흘려들었던 네가 해준 가사 번역도 전부 다 기억난다고.

난 믿어 난 믿어 난 믿어.
너와 내가 얘기하는 사랑은 분명
진실일 거야. 아니 상관없니?

솔직히, 이 안의 기억을 지우려 노력해봐도

내가 지우게 되는 건 결국 너일 거야.

너 없이 내가 있을 곳은 없으니까.

너를 알던 삶을 버리기엔 너무 멀리 왔어.

솔직히, 우리 앞에 다가오는 폭풍은 그저

내 꿈속의 환영일 뿐이야.

왜냐하면 넌 이제 내 것이 될 거고

원하는 곳으로 가게 될 거니까.

이게 내 사랑이야. 솔직히

난 믿어,

내 삶의 최고의 것은 너라는 걸.

정말로, 너도 노력해봐.

너의 심장도 나와 같을 거니까.

왜냐하면 너 없이 내가 있을 곳은 없으니까.

너를 알았던 삶을 던져버리기엔 여긴 너무 어두워.

솔직히, 우리가 조금 다른 건 그저

이렇게 고통받기 위한 건 아닐 거야.

왜냐하면 넌 이제 내 것이 될 거고

우리의 삶이 시작될 거니까.

이게 솔직한 내 사랑이야.

그러니까 내가 농담하면 웃어줘야 해.

너의 마음을 슬프게 할 테니 내게 물어봐야 해.

이게 우릴 돌려놓는 올바른 방법일까?

모르겠어.

모르겠어 솔직히.

모르겠어, 솔직하게 말하면

너 없이 내가 있을 곳은 없어.

8월 7일
칼 라거펠트의 세그웨이

삐 — 소리와 함께 잠이 깼어.

상승, 하강, 증폭.

귓속에선 아직도 제트기가 날아다니고.

찌그러짐.

이불을 걷고 일어나니 흰 셔츠에 슬랙스를 입고 있는 내가 보였어.

복숭아뼈가 보이는 검은색 슬랙스.

가봉 마네킹에는 검은색 재킷이 걸려 있고.

네가 직접 재단해서 만들어줬던 슈트.

너는 발목이 보이는 슬랙스에 로퍼를 신는 걸 좋아했지. 그 생각을 하니 어느새 바닥에 닥터마틴 아드리안이 나란히 생겼어.

나는 블랙, 너는 버건디.

발등이 아프다는 이유로 한 번밖에 신지 않았지만.

나는 발목이 보이는 슬랙스에 발등이 조이는 태슬로퍼를 신고 재킷을 걸쳐 입었어. 아마 내가 가지고 있는 유일한 검은색 슈트일 거야. 그리고 이걸 입고 누군가의 결혼식에 갈지도 모르겠어. 네가 스물두 살 때 만들어준 슈트를 입고서 말이야.

나는 말끔한 검정색 슈트를 입고 거리를 헤매고 있어.

하루 종일 공원 곳곳을 산책하고 거릴 걷고 있지.

여기서 내가 할 수 있는 건 그것밖에 없어.

어제 엄청나게 컸던 전기 소음 덕분에 이 세계는 더 빼곡해졌지. 그리고 나는 잃어버린 걸 찾아 걷고 있어.

기억의 넝마주이.

"뭐 새로운 거라도 찾아냈어?"

칼 라거펠트가 나타났어.

"대체 몇 바퀴째야? 뒤꿈치가 다 닳겠다고. 그런데 아무리 이 세계를 돌아다녀봐야 별로 의미 없을 거야. 이곳은 네가 불러온 이미지로 구성된 세계거든. 실체라기보다 재생된 이미지지. 추상적일 수밖에 없어. 진짜 실체는 나뭇가지의 뉴런을 해독하거나 그때처럼 해마 근처로 가서 물고기를 건져야 나타나지. 여기 많은 것이 새로 생겨났지만 재생된 기억은 흐릿할 수밖에 없어."

"얼굴 없는 사람들이 많아지고 있는 것도 그 때문인가요?"

"그 사람 얼굴은 기억나지 않는데 그때 나눴던 대화나 거리의 풍경, 냄새만은 기억나는 것과 같지."

그가 걸음을 멈춰 섰어. 그가 멈춰 선 곳에는 세그웨이와 자전거가 줄지어 세워져 있었지. 마치 한강공원의 자전거 대여소처럼 말이야.

"하나 골라봐."

여기는 또 어떤 곳일까?

내 잠재의식에 세그웨이가 있었다니 놀라운데.

"여기는 이 도시의 끝이야. 다운타운의 끝이지. 뭐 이제 다 알아버렸으니까 사실을 말하자면 대뇌의 끝 고랑이지. 이 아랫동네가 바로 후두엽이고 여기서부터는 소뇌야."

그가 세그웨이에 올라탔어.

전진. 후진.

그리고 내 주위를 한 바퀴 돌며 말했지.

"이곳은 우리 몸 균형의 중추야. 이 세그웨이처럼 균형 그 자체인 곳이지. 이곳에 조금이라도 상처가 나면 넌 바로 균형을 잃고 쓰러져. 근력이나 운동능력까지는 사라지지 않지만 순식간에 균형을 잃고 한쪽으로 쓰러져버리지. 바닥에 쓰러져서도 마치 블랙홀로 빠져들듯 세상이 빙글빙글 돌 거야."

균형의 중추.

"그래, 이 소뇌의 균형 메커니즘이 저기 있는 자전거를 만들면 평생 사라지지 않지. 그게 이곳에서 하는 일이야. 명령을 내리는 것은 대뇌지만 세밀하게 컨트롤하는 건 이곳이지. 운동선수들이 시각 정보보다 빠른 반사 신경을 보이는 것도 이 소뇌의 작용이야. 대뇌에서 명령이 떨어지기 전에 학습된 소뇌에서 반응을 보이거든. 리오넬 메시의 세밀한 볼 컨트롤도 화려한 보디 페인팅도 누구보다 소뇌를 발달시켰기 때문에 가능한 거지. 보통 스케이트 선수들은 오른쪽 소뇌의 부피가 더 커. 오른발로 균형을 유지하면서 왼쪽으로 트랙을 돌기 때문이지."

"외계인이 이곳을 조금 손본다면 나도 메시가 될 수 있겠군요."

"우리들에 대해 이제 좀 아는군."

그가 선글라스를 고쳐 쓰며 웃었어.

"그래서 말인데. 우리에게 무슨 선물을 받을지 결정했어?"

"영화에서처럼 초능력이라도 주려고요?"

"엄밀히 말해서 그건 영화가 아니야. 지구에서도 실제로 일어나고 있는 일이지. 물론 우연에 의한 것이지만 말이야. 서번트 증후군이라고 들어봤어? 선천적으로 낮은 지능과 발달장애를 갖고 태어났지만 음악이나 미술, 기억, 암산 분야에 뛰어난 능력을 보이는 사람 말이야. 그런데 가끔 이런 게 후천적으로 나타나지. 어느 날 벼락을 맞고 다음 날 갑자기 배우지도 않은 피아노가 저절로 쳐지더니 천재 피아니스트가 되는 거 말이야. 평생을 마약 중독으로 살다 뇌출혈에 걸린 남자가 치료를 끝내고 걸을 수 있게 되자 갑자기 보이지 않던 것이 보이며 천채 시인 겸 화가가 된 경우도 있어. 이런 걸 인간들은 후천적 서번트 증후군이라고 부르지. 선천적 서번트 증후군이 낮은 지능과 사회성 결여, 발달장애를 갖고 있는 반면 후자는 그런 것 없이 초능력만 생기는 셈이지."

"그러니까 인간들은 우연과 실수로 된 거지만 당신들은 의도적으로 할 수 있다는 거군요."

"우리가 뇌의 좌측 측두엽 전면부에 특정 주파수의 전기를 흐르게 하면 네가 원하는 예술 분야의 천재가 될 수 있어. 어때, 관심 있어?

"그런데 말이에요. 당신들에게 그런 해독 능력이 있다면 내가 그런 걸 부탁하지 않을 거라는 것도 알고 있을 텐데요?"

"역시 마음에 든다니까. 지금까지 온 인간들하고 확실히 다르다고."

"알잖아요. 제 잘난 맛에 사는 놈이라는 거. 내 유년 시절 뇌 발달까지 연구하셨으니까 말이에요."

"아 물론이지."

검은색 슈트를 입은 남자 둘이 세그웨이를 타고 균형의 중추를 배회하고 있어. 그가 말했지.

"이제 하루 남았어."

"전 별로 소원 같은 건 필요 없어요."

8월 8일
튜브스터

호수공원의 튜브스터가 빙빙 돌고 있어.

난 이곳에 왜 이게 있을까 더 이상 궁금하지 않지.

난 물 위에 떠서 그때를 떠올려봤어.

그러자 둥근 테이블에 흰색 바카디 모히토 캔이 나타났지.

하늘은 아카시아 향기가 부는 5월의 밤으로 바뀌고.

호수에는 화려하게 빛나는 둥둥섬이 생겼지.

전광판에는 곧 개봉할 〈스파이더맨〉 예고편이 나오고

너는 그때 이런 가사가 들어간 노래를 흥얼거렸지.

내게 다이아몬드는 깨진 유리에 불과해요.

네가 좋아했던 노래.

아니, 이 노래를 부른 건 다른 곳이었나?

그 생각을 하자 튜브스터가 제트스파로 바뀌었어.

와인과 화려한 조명이 있는 거품욕조로 말이야.

핑크색 러쉬 섹스밤.

창밖 풀장에는 프로젝션으로 쏜 영화가 상영되고.

누더기처럼 삐뚤삐뚤 박음질된 기억의 조각들.

그래도 우주에서 입욕제 푼 욕조에 들어와 있으니 기분이 새로 웠어. 계획대로라면 ISS에 떠다니는 한줌의 물로 샤워를 했어야 했는데 말이야. 그 물을 정화시켜 다른 우주인이 쓰고 또 쓰고. 머리는 물 없이 감을 수 있는 우주용 샴푸로 감지. 알고 있니? 지금 내 기억 속에서 내 앞에 있어야 할 사람?

나는 욕조 속으로 침잠했어.

다시 밖으로 나와 눈을 뜨면 둥근 튜브스터지.

그가 말했듯이 비슷한 감각기억들은 근접해 있는 것 같아.

둥근 튜브스터와 둥근 제트스파. 화려한 조명. 술에 취한 분위기. 그리고 너는 같은 노랠 불렀지. 그런데 지금 내 앞에는 긴 웨이브 머리에 샤넬 귀고리를 한 네가 아니라 포니테일을 한 은발 할아버지가 있어. 그 샤넬의 보스가 내게 말했지.

"이제 지구에 갈 시간이야."

그는 테이블에 발을 올린 채 바카디 모히토를 들이켰지.

"지구의 소식을 들려주자면, 다음 주 로또 당첨금이 200억으로 불어났다더군. 네가 사는 나라의 복권 사상 초유의 일이래.

듣고 있어? 말만 하면 그거 네 거야. 물론 직접 가르쳐주지는 않을 거고, 네가 지구에 내려가면 일종의 본능 같은 것이 작용해 로또를 사게 되고 여섯 자리의 번호를 매우 본능적으로 써 내려가는 거지."

외계인이 심어놓은 내적 동기부여.

"그래 맞아. 원한다면 말만 하라고."

"그런 본능이 내 안에 심어지는 건 원하지 않아요."

내가 원하는 건 내 기억을 손대지 말라는 거.

그거 하나예요.

"잊히지 않는 기억은 잔인할 텐데?"

"잔인한 기억이 될지 추억이 될지 지구로 돌아가봐야 알 거 같아요. 그리고 아마 당신들은 굳이 이 기억을 지우지 않을 거예요. 왜냐하면 내가 외계인의 존재나 문명 따위를 발설하지 않을 것 또한 알고 있기 때문이죠. 그러니까 내 머리에 아무 짓도 하지 말아요."

"처음보다 많이 똑똑해졌는데? 당연하겠지, 전기 자극을 그렇게 열심히 했으니 말이야. 그럼 소원의 기간은 유예하기로 하지. 지구에 돌아가면 마음이 바뀔지도 모르니까 말이야."

"그럴 일은 없을 거예요. 그것도 아시잖아요. 뭐든지 귀찮아하는 성격이란 거. 그리고 이제 내 머리 뚜껑 좀 닫아줘요. 최첨단 MRI 같은 거면 전원을 내려주고요. 물론 그런 인류같이 원시적인 문명은 아니겠지만 말이에요. 아무튼 뭘로 내 머릿속을 들여다보고 있는지 모르지만 이제 그만해줘요."

"뭐 그렇지 않아도 이제 슬슬 그럴 시간이야. 마지막으로 이어지는 지구의 소식을 알려주자면, 우주인의 무사귀환을 열망하는 축하행사가 오늘 밤부터 시작될 거래. 광장의 커다란 스크린 앞에 사람들이 모여 생중계되는 그 역사적인 순간을 자축한다더군."

"그런 건 관심 없어요."

"알아, 그냥 귀띔해준 거야. 자 그럼, 이제 진짜 마지막이야. 넌 곧 있으면 다시 지구로 떨어진다. 깡통 누더기 같은 소유스 호의 귀환 캡슐을 타고서 말이야. 참고로 예상 좌표로부터 300킬로 이상 벗어나서 떨어질 거야. 모든 게 수월하면 재미없잖아? 다 스토리텔링을 위해서지. 마지막으로 물을게. 진짜 소원 같은 거 없어?"

"마지막으로 말하는데 진짜 없어요. 아니 뭐, 그렇게 원한다면 10월 28일에 폭우나 한번 내리게 해줘요. 꽤 엄청난 걸로 말이에요. 그 정돈 해줄 수 있죠?"

"뭐, 지구를 둘러싼 카푸치노 거품 같은 수증기쯤 다루는 거야 일도 아니지."

그런데 그 정도로 되겠어?

머릿속을 울리는 그의 목소리.

그는 선글라스를 위로 올리고 내게 윙크했어.

그리고 그 윙크와 동시에 난 지구로 떨어졌지.

예상된 좌표는 아니었지만 태평양 한가운데 떨어지는 데 성공했어.

그리고 바다 한가운데 구조를 기다리는 초라한 캡슐 하나가 둥둥 떠다니고 있었지.

수평선으로 뜨거운 태양이 가라앉고 있었어.

눈앞에 펼쳐진 바다를 온통 붉게 물들였지.

나에게는 너무나도 외로운 순간이었어.

8월 9일
지구

신문에 내 얼굴이 대문짝만 하게 실렸어.

검게 그을린 캡슐과 이불을 둘둘 말고 앉아 있는 나의 모습.

그는 2주간의 우주 생활로 약해진 뼈 조직 때문에 적응기를 거쳐야 한대. 그의 이동은 한동안 지상요원들에 의해 이루어지고.

그리고 이 모든 것은 나사 TV에 의해 전 세계에 생중계되고 있지.

지구에 도착했지만 난 한동안 집에 갈수 없어.

그들은 내 몸과 뇌, 모든 신체기관에 어떤 생체적 변화가 일어났는지 살펴봐야 하지. 다시 그때처럼 국제우주센터 안에서 했던 모든 검사를 시작하는 거야.

8월 10일
지구

그들은 내 침실로 2주 치 신문과 인터넷을 할 수 있는 노트북을 가져다줬어.

내가 없는 동안 서울에서 어떤 일이 일어났는지 궁금해할 것 같았나 봐.

오늘자 뉴스에 의하면 식중독 환자가 57명 발생했대.

서울 한복판에서는 시위가 벌어졌고 말이야.

사실 난 전혀 어지럽지 않지만 비틀거리고 있어.

내 몸은 마치 2주 동안 중력이 없는 곳에 있었던 것처럼 세팅되어 있지.

피가 위로 몰려 퉁퉁 부은 얼굴은 마치 아직도 지구의 중력에 적응 못 하고 있는 것만 같아. 오늘 아침 간단한 신체검사를 한 결과 내 키는 4센티나 자랐고 팔과 다리는 가늘어졌대. 당연하게도 뼈와 근육은 약화됐고 말이야.

오늘까지는 회복과 검사를 겸하고 내일부터는 정밀검사와 훈련이 다시 시작될 거래.

우주로 가기 전 그렇게 무중력 훈련을 했는데 이제 중력 훈련을 시작해야 하는 거야. 그리고 내 옆에는 국제우주센터의 지상 요원들이 붙어 24시간 내 몸을 부축하고 있지.

8월 11일
지구

도심에서 일어난 시위로 시민 2명이 중태에 빠졌대.

그들의 말로는 무고한 시민 2명인데,

경찰의 말로는 전문 시위꾼과 과격 난동꾼 2명이야.

오늘 나의 일과는 20분 단위로 짜인 검사 스케줄을 소화하는 거야.

아침에 식당에서 국제우주센터의 직원이 내게 말했지.

"지구에서 오줌을 먹어도 우주에서 먹는 음식들보단 맛있을 거예요."

그래, 쌀밥과 김치, 된장국, 라면, 한국의 자랑스러운 음식 7킬로그램을 가져갔었는데.

그가 내게 다시 말했어.

"우주에서 먹는 김치는 어땠어요?"

나는 신문에서 본 헤드라인 사진이 떠올랐지.

우주전용 팩에서 꺼낸 비닐로 진공 포장된 네모난 김치 블록.

그리고 그 앞에서 스푼을 들고 포즈를 취하고 있는 나.

머리카락은 모두 위로 솟아 있고.

나의 인터뷰 내용을 요약하자면 대충 이랬어.

"다른 우주인들한테도 김치, 고추장은 인기만점이죠."

8월 12일
지구

벤틀리를 타고 다니는 목사와,

포르셰를 타고 다니는 스님이 뉴스에 나왔어.

오늘은 일기를 쓸 시간도 없지.

안에만 있으니까 날씨가 어떤지도 모르겠어.

양팔을 벌리고, 입을 벌리고, 인큐베이터에 들어가 헤드폰 쓰고 두 시간 동안 꼼짝없이 자기장 소리나 듣고 있어야 하지.

CT, 초음파, 뇌파, 신경 근전도 MRI.

내가 외계인이었으면 비웃고 있었을 지구의 의술들.

하지만 나는 인간이기에 내 몸에 달라붙어 해주는 걸 그냥 받아들이고 있지.

8월 13일
지구

도심 한복판의 시위는 끝날 줄을 몰라.

시위대가 말하길 주말 집회에 3만 명이 모였대.

경찰이 추산하기로는 7천 명.

지구는 참 변한 게 없는 것 같아.

집회 참가자의 인터뷰: 요즘 세상이 온통 우주인에 대한 관심뿐인데 그 와중에 3만 명이 모였다는 건 그만큼 국민들이 분노하고 있다는 증거죠.

뭐, 지구가 어쨌건 관심 없고 이제 난 부축 없이 다닐 수 있지.

아니, 혼자 걸어 다녀도 된다는 허락을 받은 건가?

그리고 내일이면 드디어 집에 돌아가. 맞이해줄 사람 하나 없는 집이 이제는 그리움 그 자체야.

8월 14일
서울

드디어 우주센터에서 나를 보내줬어.

그들이 말하길 건물 밖에 취재진들이 엄청나게 모여 있대.

오랜만에 보는 한국 사람들이지.

"몸 상태는 어때요?"

그들의 질문은 멈출 줄을 몰라.

"지구로 돌아온 기분은 어때요?"

당신들이 내 앞을 가로막지만 않는다면 괜찮을 것 같은데.

나는 어느새 그들에게 둘러싸여서 말했지.

"보시다시피 아주 좋아요."

다시 그들의 질문 공세가 시작되고.

"지금 뭐가 제일 먹고 싶어요?"

당신 빼고 내가 뭘 먹고 싶은지 아무도 안 궁금할 것 같은데.

하지만 난 또 대답했지.

"엄마가 해주는 김치찌개가 생각나네요."

너무 진부한 대답이었나?

그들이 여기저기서 소리쳤어.

"잠깐 그대로 서주세요."

"손도 한번 들어주시고요."

"여기 이쪽도 봐주세요."

"웃는 얼굴로 다시 한 번."

"그래요, 아주 좋아요."

그리고 나는 서울로 가는 비행기 안에서 뉴스를 봤지.

우주인 김신. 김치찌개가 가장 먹고 싶어.

공항에 돌아가서 이 짓을 또 해야 한다니 잠도 오지 않았어.

공항에 도착하면 취재진을 위한 공식 기자회견을 해야 해.

게이트가 열리고 난 플래시에 눈이 머는 줄 알았지.

날 환영하는 촌스러운 꽃목걸이가 내 목에 걸렸어.

여기저기 걸려 있는 현수막들.

―새로운 우주 영웅을 환영합니다―

내 앞의 수많은 인파.

날 호위하는 경호원들.

나는 짐도 못 풀고 곧장 지하에 마련된 기자회견장으로 들어갔지.

테이블 뒤로는 ISS에서 둥둥 떠 있는 내 사진이 걸려 있었어.

내 기억에는 없는 사진.

그 앞에는 수십 개의 마이크가 세팅되어 있고.

내가 움직일 때마다 사방에서 플래시가 터졌어.

의자에 앉을 때도.

물을 마실 때도.

그리고 첫 번째 질문이 시작됐지.

질문: 소유스 귀환 캡슐의 착륙 과정이 예상보다 험했는데?

그랬었나?

하지만 나는 아주 자연스럽게 입을 열었지.

"대기에 진입했을 때 소유스 TMA-13호에 기술적 결함이 발생했어요. 그래서 예정된 30도 각도보다 더 가파른 탄도궤도로 진입하게 됐죠. 우리 모두 지구 중력의 열다섯 배를 견뎌야 했어요."

질문: 같이 탄 선원들의 상태가 좋지 않다고 들었는데?

"러시아 선원과 미국 엔지니어는 아직 걸을 수 있는 상태가 아니라고 들었어요. 선원 모두 몸무게에 열다섯 배에 해당하는 중력을 겪었으니까요. 오늘 얘기 들은 바로는 다들 빠르게 회복하고 있다고 해요."

질문: 귀환 캡슐 결함의 이유는? 궤도를 상당히 벗어나 착륙했

는데.

"아직 명확한 결과가 나오지 않았지만 사실 결과가 나와도 그런 건 말해주지 않을 거예요. 러시아에서도 어디서도 가르쳐주지 않죠. 그게 제가 앞으로 해야 할 일이에요."

나의 대답과 동시에 타이핑 소리가 홀 안에 메아리 치고 있어.

질문: ISS 생활은 어땠는지? 우주 멀미로 고생했다고 들었는데.

솔직히 우주에서 한 번도 겪지 못한 멀미를 지금 느끼고 있는 중이야.

"우주 멀미는 생각보다 끔찍해요. 무중력 상태의 우주선이 운항하면 눈앞의 경치가 매우 빠르게 바뀌게 되죠. 그때 시각 정보와 신체 정보가 혼동을 일으키게 돼요. 귓속 전정기관이 위아래를 판단하지 못해 심한 어지러움이 생기죠. 그것을 위한 약이 있지만 약도 위 안에서 둥둥 떠다니기 때문에 흡수가 안 돼요. 그래서 제가 한 건 오직 아카데미에서 배운 무중력 평형감각 훈련을 되뇌며 극복하는 거였죠. 다시 느끼는 거지만 중력은 정말 소중한 거예요."

리액션: 지구의 중력에 감사하며 살아야겠군요?

"네, 우리 모두 중력 1G에 감사하며 살아야 해요. 그래도 무중력이 좋은 점도 있어요. 2주 동안 키가 4센티나 자랐거든요."

웃음.

이게 웃긴가?

질문: 초기엔 잠도 못 잤다고 들었는데?

"ISS는 지구를 하루에 열여섯 바퀴씩 회전해요. 그 말은 밤낮이 하루에 열여섯 번 바뀐다는 뜻이죠. ISS에서는 70데시벨가량의 기계 소음이 계속 들리죠. 70데시벨이면 아마 매우 혼잡한 번화가의 소음이죠. 저뿐만 아니라 베테랑 우주인들도 쉽게 잠들지 못하죠."

질문: 우주에서 보는 지구의 모습은 어땠나요?

"우주에서 보는 푸른 별은 경이로움 그 자체였죠. 시커먼 어둠천지인 곳에서 유일하게 빛나고 있는 곳이에요. 특히 지구의 밤낮이 교차하는 모습을 매일 보는 건 환상적이었죠. 오로라를 봤을 때도 꿈만 같았어요. 아마 그 흩어지는 녹색섬광은 죽을 때까지 잊지 못할 거예요."

그런데 내가 저런 걸 본 적이 있었던가?

나조차도 헷갈릴 지경이군.

질문: 우주에서 찍은 한반도의 야경 사진이 화제였는데.

내가 그런 걸 찍었어?

하지만 내 입은 한 치의 망설임도 없이 움직이지.

"특별한 의도는 없었어요. 다만 불야성을 이룬 남쪽과 대비되는 어두운 북쪽을 보며 마음이 이상했죠. 오늘도 지구 한편에서는 대립하고 분쟁하고 전쟁으로 생명이 죽어가고 있잖아요. 우주에서 보면 우린 그저 너무나 작은 존재일 뿐인데 말이에요."

질문: 우주에서 찍은 사진들을 실시간으로 올렸던 인스타그램이 화제였어요. 국내외를 막론하고 팔로어도 엄청나게 늘었는데 알고 있어요?

"숫자는 잘 모르겠고 엄청나게 늘었다는 것만 알고 있어요."

리액션: 벌써 700만이 넘었어요.

그래, 영광이군.

질문: 향후 방송 활동이나 연예 활동 계획은 있어요?

그럴 리가.

질문: 키가 4센티나 더 컸으면 이제 모델도 할 수 있겠네요?

그게 무슨 개소리야.

질문: ISS에서 부른 데이비드 보위의 노래 들려줄 수 있어요?

아니.

질문: 시국이 혼란스러울 때 국민들에게 희망을 줬는데.

설마.

질문: 이제 집에 가면 엄마가 해준 김치찌개를 먹을 건가요?

"물론이죠. 그게 지금 가장 기대되는 거예요."

일동 웃음.

8월 15일
꽤 화창한 아침

눈꺼풀 안에는 아직도 플래시 잔상이 남아 있어.

귓속에는 수백 개의 키보드를 두들겨대는 소리.

세상은 나에 대한 얘기로 떠들썩한데 집에 와보니 모든 게 그대로야.

이쯤에서 은발 머리 노인이 나타날 것 같기도 한데.

커튼을 치니 꽤 화창한 아침이었어.

하지만 내게 지구의 햇살을 즐길 여유는 없었지.

나는 책상 위 휴대폰을 들여다봤어.

통화 291개, 메일 1790개, 문자 780개, 카톡 999개.

오늘 당장 방송국 작가가 보낸 질문지와 대본을 봐야 하는데.

아무리 봐도 보내준 메일을 찾을 수가 없었어.

하지만 질문지 따위 안 봐도 전혀 문제없을 거란 생각이 들어.

아마도.

오전 8시 30분.

나는 홀로 방송국에 도착했어.

어제 집에 돌아왔는데 숨도 못 돌리고 빡빡한 일정이 시작됐지.

솔직히 아직 모든 것이 실감이 안 나.

대기실에 들어가니 동의도 없이 내 얼굴에 화장을 하기 시작했어.

난 누군가 싫어하는 옷을 입고 왔지만 그런 건 입으면 안 된대.

나는 메이크업을 마친 후 머리를 세팅하고 비슷한 옷을 열 번 정도 갈아입고서야 스튜디오로 나갈 수 있었지.

스프레이로 고정된 굳은 머리.

나를 둘러싼 조명이 너무 뜨거웠어.

작가가 끊임없이 말을 걸었지만 뭔 소린지 하나도 모르겠어.

여기가 어딘지 아직도 뭐가 뭔지.

카메라에 빨간불이 들어오고 드디어 첫 번째 TV 토크쇼가 시작됐지.

여자 엠시는 내게 어떻게 이런 용감한 결정을 할 수 있었냐고 물었어. 우주에 갔다 오면 수명이 10년 정도 준다는 연구도 있다면서 말이야. 그녀는 내게 말했지. 내가 어린이들에게 꿈과 희망이 되어줬다고. 그리고 요즘 시국도 좋지 않고 경제도 좋지 않은데 국민들에게 희망을 줬다고 했어. 온통 나에 대한 칭찬뿐이야.

그녀의 정돈된 하이톤 목소리. 방청객들의 기계적인 리액션.

　그녀가 다시 날 바라보며 물었지.

　호기심 가득한 눈초리로.

　"A형이라고 들었는데 그토록 대담한 이유가 뭐예요?"

　그제야 느꼈지.

　아, 드디어 빌어먹을 지구에 돌아왔구나.

8월 16일
무더움

어제 방송된 토크쇼의 반응이 뜨거웠다고 전화가 왔어.

아침부터 난 누군지도 모르는 사람들에게 똑같은 소릴 듣고 있지.

첫마디는 다들 이랬어.

"방송 잘 봤어요."

덕분에 그 방송이 녹화가 아닌 생방송이었다는 것도 알게 됐지.

이제 내 휴대폰에서는 진짜 친구들을 찾을 수 없어.

방송국 앞에서도 많은 사람들이 나를 기다리고 있었지.

그리고 집 앞에서도 그런 사람들이 기다리고 있었어.

방송국 피디라는 사람들, 작가라는 사람들, 기자라는 이들, 출판사 대표, 기획사 관계자, 광고주. 아무튼 그런 사람들이 나를 기다리고 있었지. 그리고 그들이 지금 내 폰을 불통으로 만들고 있는 사람들이고 말이야. 그들은 나와 뭔가 하고 싶은 게 많은 것 같아. 어제부터 집요하게 전화를 거는 이 기획사 실장도 말이야.

도대체 연예기획사에서 왜 날 필요로 하는지 모르겠지만 계약하자는 연예기획사만 해도 다섯 개가 넘어. 그들은 몇 시간마다 전화를 걸어와 날 어떤 식으로 만들고 케어해주겠다고 읊어대지. 그런데 그들 사이에서도 머리를 쓸 줄 아는 사람이 한 명 있었어. 그녀는 절대 애원을 하지 않지. 계약 사항이나 대우, 수익배분 따위도 읊어대지 않아. 그녀는 마치 오래된 친구처럼 행동하지. 마치 진심으로 날 아껴주는 친구처럼 말이야.

"여기저기서 오는 전화로 힘드시죠? 방송국도 가야 하고 스케줄도 관리해야 하고 광고주들 미팅도 있을 거고 강연 요청도 쇄도할 거고 완전히 난리일 거라는 거 알아요. 혼자하기엔 여간 힘든 일이 아니죠. 물론 여러 곳에서 제의가 많다는 것도 알고 있어요. 저흰 그저 순수하게 그때까지 호의를 베푸는 차원으로 얘기하는 거예요. 사실 저희 대표님이 신 씨의 우주 방송을 보고 깊은 감명을 받으셨거든요. 그래서 최대한 도울 수 있는 데까지 도와드리라고 말씀하셨어요. 그렇게 혼자 다 하다간 건강에 무리가 올 거예요. 우리나라의 소중한 자산이 그렇게 돼서는 안 되죠. 아마 스케줄 관리해줄 매니저 한 명, 스타일리스트 그리고 이동할 차량 정도는 필요하실 거예요. 회사하고 하는 계약은 이것저것

신중히 따져보고 해야 해요. 최소한 한 달은 지켜봐야 하죠. 그러니까 그전까지만 저희가 케어를 해드리겠다는 거예요. 물론 비용은 모두 저희가 부담하고요. 편의 차원에서 필요한 건 전부 지원해드리라고 대표님이 말씀하셨어요. 차량 제공과 매니저, 스타일리스트. 물론 원하시면 다른 것도 전부 말이에요. 부담은 전혀 가지실 필요 없어요. 물론 도중에 다른 회사와 계약하셔도 전혀 상관없고요."

8월 20일
바짝 마름

아침부터 이 호텔 저 호텔을 돌아다니며 인터뷰를 하고 있어.

다섯 번째 인터뷰.

이럴 줄 알았으면 모두 같은 호텔에서 약속을 잡을 걸 그랬나.

아직도 세 개의 인터뷰와 두 개의 미팅, 한 개의 TV쇼 녹화가 날 기다리고 있어. TV쇼는 아마 나의 네 번째 토크쇼가 될 거고 말이야.

우주인으로서 연구 활동은 언제 할 거냐고?

어차피 나는 홍보모델인데 뭐. 혹은 애국심 고취를 위한 소품에 불과하지. 그렇다고 내가 무슨 호들갑 떨 만한 새롭고 대단한 걸 발견한 것도 아니잖아?

안 그래?

그리고 말이야, 어차피 5년 안에 우주탐사는 무인로봇이 할 거라고.

나는 건조한 패브릭 소파에서 광고주를 기다리고 있어.

바짝 마른 날씨만큼 홀쭉해진 얼굴.

에어컨 바람에도 셔츠의 깃은 하루 종일 마를 틈이 없어.

난 오늘도 모두가 예상할 수 있는 모범적이고 우주적인 대답을 했지. 사람들은 많은 질문을 했지만 나는 우주에서 내려다보는 지구는 정말 아름다웠어요 같은 말만 했어. 그들은 내가 경험한 우주에 대해 궁금한 게 많은 것 같아. 공기도 없고 물도 없는 곳이 말이야.

광고주가 내 앞에 앉았어.

무려 우주인이 바르는 화장품이 콘셉트래.

우주인이 선택한 스킨케어.

우주인이 선택한 에센스, 화이트닝, 부스터, 아이 케어, 선 케어.

대표 제품은 주름개선 안티에이징이야. 그가 말했지.

"무중력 공간에서는 주름이 생기지 않는다는 것에서 아이디어를 착안했죠."

안티그래비티 안티에이징. 반중력 탄력크림. 그가 말했지.

"그런데 우주에서도 화장품을 바를 수 있어요?"

말도 안 되는 소리.

그가 다시 물었지.

"중력 없이 둥둥 떠다니는 건 얼마나 이상한 기분이에요?"

미안하지만 정말 이상한 건 지구야.

나는 이 일을 마지막으로 회사를 끼고 활동하기로 했어.

더 이상 이 짓을 혼자 해낼 여력이 없거든.

사람들이 말하길 아주 큰 연예기획사라고 그러던데.

에스엑스라고 했던가?

광고주와의 미팅을 마치고 나는 에스엑스의 사옥으로 향했지.

청담동 주택가 한적한 곳에 지어진 모던해 보이는 유리 건물이었어.

그녀가 SX 로고가 찍힌 명함을 내밀며 말했지.

"앞으로 이런 자잘한 인터뷰는 하실 필요 없어요."

총괄기획실장 최진선.

"앞으로는 우리가 결정한 크고 굵직한 것만 하기로 해요."

그녀가 내게 웃었어.

"빅스타는 원래 그런 거 안 하는 거예요."

수분을 잔뜩 머금은 피부, 오차 없는 메이크업. 그녀는 스물일곱 살처럼 보이는 마흔두 살의 얼굴을 가졌어. 거리에서 스쳐 지나가면 누구나 이십대로 착각할 거야.

"우리 일전에 몇 번 통화했었죠?"

그래, 남다른 전략을 펼치던 그녀.

그녀가 내게 매니저를 소개했어.

파인애플 잎 같은 엄청난 직모를 가진 사나이였지.

"생긴 건 이래도 이 바닥에서 잔뼈가 굵은 분이에요. 민 매니 저라고 불러요. 앞으로 신 씨의 모든 걸 케어해줄 거예요. 내일부 터 민 매니저와 스타일리스트 한 명이 팀으로 붙어 다닐 거예요."

그들은 그 대가로 내 출연료와 광고수익의 35퍼센트를 가져간 다고 했어. 그녀는 나의 수익을 20배로 불려줄 자신이 있기 때문 에 그만큼을 떼어가도 내가 손해 보는 일은 없을 거라고 장담했 지. 다행히도 회사에서 투자한 게 없어서 정산은 달마다 바로 해 준대.

"내일은 스타일 회의를 할 거예요. 뭐, 지금 스타일도 충분히 개 성 있지만 대중적이지는 않잖아요? 스타가 되려면 모든 사람의 사랑을 받아야 해요. 그런데 예린 씨는 어디 간 거예요? 정말 중 요할 때마다 어디 가 있는 거야?"

그녀는 소수에게 사랑받는 것보다 다수에게 미움받지 않는 편 이 낫다고 했어. 나에게는 전 연령과 전 국민의 사랑을 받을 요소 가 충분히 있다면서 말이야.

"당신은 이제 더 이상 우주인이 아니라 유명인이에요."

셀러브리티 그 자체.

"다른 회사 제쳐두고 우리와 손잡은 걸 후회하지 않게 해드려 야죠."

8월 29일

흐리고 습함

　매일 이어지는 TV 출연과 광고 촬영을 하면서 느낀 거지만 내가 점점 잘생겨지는 것 같아. 사람들이 방송물을 먹어서 그렇대. 하지만 이건 결코 우연이 아니야. 모든 일에는 노력이 필요한 법이지.

　나는 눈알을 겨우 가리는 우스운 플라스틱 안대를 쓰고 있어.

　프락셀 레이저.

　진피층까지 침투한 레이저가 콜라겐 생성을 유도한대.

　넓은 모공, 여드름 흉터, 색소침착에 효과적.

　프락셀로 붉어진 얼굴은 브이빔 레이저가 해결해줘.

　595나노미터 파장의 혈관 레이저.

　기미 잡티는 IPL레이저 토닝으로 해결하고.

레이저가 눈꺼풀 밖에서 번쩍거리고 있어.

살 타는 냄새로 가득한 방 안.

나는 일주일에 두 번씩 이곳에 들러 피부관리를 받아.

여드름이 나도 절대 손으로 짜면 안 되지.

일주일에 5일은 피트니스클럽에 가야 해.

전문 퍼스널 트레이너가 내 옆에 바싹 붙어서 관리를 해주지.

그는 A급 연예인들의 몸을 디자인한 사람이라고 했어. 그를 보면 마치 근육질의 캥거루가 탱크톱만 걸치고 있는 것 같아.

그러고 나서는 대체로 헤어숍에 머리를 하러 가.

오늘 스케줄에 따르면 청년 멘토링 프로그램을 녹화하러 가야 하지.

매니저가 말했어.

"요즘 제일 핫한 프로그램이에요."

아프지 마 청춘.

"시청률도 꽤 잘 나오는 거 같던데. 최 실장이 거기 피디랑 친하거든요."

우주에 가기 전에는 멘토니 힐링이나 하는 소리만 들어도 두드러기가 나는 것 같았는데.

헤어숍에는 최 실장이 와 있었어.

"봤어요? 포털사이트마다 신 씨 기사로 도배되어 있는 거? 사람들은 이제 신 씨가 어떤 옷을 입는지 뭘 먹는지 어디를 가는지 여자 친구는 있는지 궁금해한다고요."

포털사이트의 이미지 뉴스마다 돌아가는 내 얼굴.

보톡스를 넣고 필러를 넣은 게 효과를 보는 것 같아.

부스스한 머리도 이제 헤어디자이너가 매일같이 관리해주지. 내가 만약 별 볼일 없는 아저씨였다면 그냥 우주인이었겠지만 날렵한 턱선과 복근을 가지고 있으니 영웅이 됐어.

"오늘 녹화 대본 봤어요? 말 안 해도 기대할게요. 틀에 박힌 소리를 안 하는 게 신 씨 매력이니까. 그 귀여운 반항아 같은 이미지가 너무 잘 먹히고 있어요. 컨설턴트가 써준 답변은 여기 있고요. 너무 따분하면 재미없으니까 적당히 참고해서 말해요. 어려운 단어가 있거나 펀치라인 한 방이 필요하면 언제든지 문의하고요."

회사에 소속된 후 내 인터뷰는 이미지 컨설턴트가 미리 써줘. 더 이상 똑같은 소릴 앵무새처럼 반복하지 않아도 되지. 컨설턴트는 나보다 훨씬 모범적이고 지적이고 우주적인 대답을 써주거든. 나는 그가 써준 대사 70퍼센트에 내 말을 대충 30퍼센트 정도 섞어. 뭐 내 맘대로 할 때도 있지만. 실장은 늘 선을 지키라고 강조하지. 그녀가 말했어.

"예린 씨, 이게 오늘 입을 의상이에요?"

내가 입는 옷은 이제 스타일리스트가 구해 와.

스타일리스트가 말하길 유명해질수록 비싼 옷을 협찬해 오기 쉽대.

"오늘 의상은 최대한 포멀하고 지적인 걸로 가자고요."

자수가 들어간 클래식한 구찌 스웨터.

포멀하지만 위트를 잃지 말아야 한다고 했어.

"예린 씨, 오늘은 웬만하면 비싸 보이는 거 입히지 말아요. 이렇게 대놓고 명품 티 나는 걸 입혀서 되겠어요? 명품이라도 아무 것도 없는 맨투맨이나 티 안 나는 셔츠 있잖아요? 아니 그런 것도 나중에 밝혀지면 곤란하지. 요즘 네티즌들이 보통인가. 듣고 있어요, 예린 씨? 비정규직이다 아르바이트다 하며 80만 원 번다고 하는 사람들이 방청석에 있는데 그림이 살겠어요? 엠시는 매일 갑질이니 금수저니 떠드는 사람인데 거기서 200만 원짜리 셔츠를 입으면 그림이 되겠냐고요. 내가 항상 전체적인 그림을 보라고 했잖아요, 예린 씨."

스타일리스트의 탈색된 머리가 바쁘게 휘날리고 있어.

그녀의 머리끝은 보라색과 핑크색 투톤으로 되어 있지.

화려한 헤어스타일과 대조되는 푸석한 피부.

한 번도 화장을 한 걸 본 적 없는 얼굴.

내가 보기엔 저 스타일리스트도 방청석에 앉아 있어야 하는데 말이야.

"예린 씨, 여기서 이러고 있느니 나라면 차라리 스파 브랜드들을 돌아보겠어요."

스타일리스트가 허겁지겁 가방을 챙겨 미용실을 뛰쳐나갔어.

"아, 정말 빠릿빠릿하지 못하게."

실장은 이번 녹화가 무엇보다 중요하다 말했어.

왜냐하면 이번 녹화가 방영되는 날짜에 맞춰 나의 책이 출간되거든.

자서전을 기본으로 한 자기계발 및 청년 멘토링 서적이라고 했던가?

물론 그 책도 대필 작가가 쓰고 있어.

최 실장이 다시 스타일리스트를 다그치기 시작했지.

"색상은 이거 하나예요? 좀 여러 개 사 오지, 융통성 없게."

마치 스트레스를 푸는 장난감처럼.

"안경은 준비됐어요? 어디 봐요."

그녀의 가방에서 안경 케이스가 아코디언처럼 늘어났어.

검은 뿔테, 투명 뿔테, 동그란 금속테.

그녀의 가방에는 스무 개가 넘는 안경테와 선글라스 열다섯 개가 항상 준비되어 있지. 그리고 언젠가부터 나는 방송국 조명이 더 이상 어색하지 않아.

엠시가 천연덕스러운 멘트를 날리며 등장했어. 이런 프로그램은 특별한 효과를 주거나 요란한 소개를 하지 않아. 이렇게 물 흘러가듯 녹화가 시작되지. 작가가 말하길 형식 없이 터놓고 관객들과 소통하는 콘셉트래.

마치 친구랑 얘기하듯 자연스럽게.

엠시가 내게 말을 건넸지.

시작은 늘 가벼운 질문이야.

"지구에 돌아오신 지 벌써 한 달이 되어가는데 뭐 하고 지내세요?"

뜬금없지만 대본에 있는 질문.

"요즘은 집에서 마요네즈를 만들고 있어요."

뜬금없지만 준비한 대답.

"마요네즈요?"

그의 텐션이 올라가자 관객들의 웃음이 터졌어.

"예, 마요네즈요. 그냥 마요네즈가 아니라 수제 마요네즈 말이에요."

이건 다음 대답을 위한 복선이고.

그리고 엠시는 대본에 적힌 대로 헛소리 좀 늘어놓다 방청객에게 마이크를 넘기겠지. 방청객이 마이크를 잡아 들고 고민을 털어놓기 시작했어. 그런데 고민이 어디서 많이 본 내용이야. 그러고 보니 대본에 써진 예시 그대로잖아? 작가가 머릿속에서 만들어낸 고민 말이야. 이런 우연이 또 있을까?

방청객: 요즘 저 자신이 뭘까 하는 생각에 빠져 있어요. 다들 취업 걱정이라지만 사실 취업을 해도 나아지는 건 없거든요. 오히려 점점 제 자신을 잃어가는 기분이에요. 내가 하고 싶은 게 이거였나 하고 말이죠. 그렇다고 어렵게 들어간 직장을 그만두면 당

장 먹고살 일이 걱정이죠. 하지만 제 안에서 이건 내 인생이 아니라고 계속 얘기해요. 더 늦기 전에 직장을 그만두고 하고 싶은 걸 하는 게 맞는 걸까요? 이런 고민을 털어놓으면 주변에서는 다들 미쳤다고 해요. 대체 어떻게 해야 할까요?"

내가 하고 싶은 말은 그걸 왜 나한테 묻느냐는 것뿐.

하지만 엠시는 곧 도전의 아이콘에게 해결책을 물을 거야.

인간은 원래 살 만해지면 철학적 사고를 하게 되는 법이죠. 그러니까 그냥 다니던 회사나 다니세요. 라는 대답은 절대 하면 안 되지.

"제가 요즘 마요네즈를 만드는 재미에 빠진 이유가 뭔지 알아요? 마요네즈는 달걀노른자와 식용유, 절대 섞일지 않을 것 같은 두 가지가 섞여서 완벽히 다른 게 만들어지거든요. 아무도 마요네즈를 먹고 이건 식용유와 노른자를 섞어서 만든 거라고 생각 못 하죠. 전혀 예상할 수 없는 두 개가 섞여 완전히 다른 성질의 마요네즈가 되는 거예요. 이 세상도 그렇죠. 원래는 노른자나 식용유였지만 세상에 섞여서 전혀 다른 것이 되어 살아가죠. 그리고 어쩌면 마요네즈가 되는 게 이 세상이 내게 원하는 걸지도 몰라요. 그러니 사람들이 아무도 당신이 노른자나 식용유였다는 것을 몰라도 슬퍼할 필요는 없어요. 당신은 만화를 그리고 싶지만 전혀 다른 일을 하며 살고 있잖아요. 하지만 그게 가치 없다고 볼 수 있을까요?"

9월 1일
작열하는 태양

9월이지만 지구는 엄청나게 더워.

그리고 난 지난달 한 잡지에서 실시한 여론조사에서 최고의 남자 친구 2위, 최고의 신랑감 6위를 차지했지. 지구는 정말 멋지지 않아?

난 유명해졌지만 어떤 사람에게는 아무런 영향도 줄 수 없는 것 같아. 아니, 그런 생각 자체가 바보 같아서 안 하기로 했어.

오늘은 출판사 관계자들과 미팅이 있어.

대필 작가는 휴대폰으로 나의 말을 녹음하고 있지.

출판사 대표가 물었어.

"소유스 호가 경로를 이탈했을 때 어떤 심정이었어요?"

"이제 죽는구나? 그런데 왠지 죽지는 않을 것 같은데?"

대필 작가가 물었지.

"좀 더 디테일한 표현이 있으면 좋겠는데 말이에요. 뭐랄까, 그 안에 스토리텔링이 있으면 좋고요."

귀환 캡슐이 추락하는 데도 스토리텔링이 필요한가?

그냥 깡통 누더기가 지구로 내팽개쳐지는 것뿐이라고.

"그런 생사가 걸린 상황에서 의연할 수 있었던 이유는 뭔가요? 항상 긍정적으로 세상을 바라보시나요?"

내가?

"성장 배경에 궁금한 게 많은데요. 아버지나 어머니가 특별한 교육법을 쓰지는 않았나요? 창의성을 기르기 위해 제도권 교육을 벗어나 자유롭게 키웠다든가."

어쩌지, 부모님은 공무원이 되라고 그렇게 닦달하셨는데.

"인터뷰들을 보면 겸손하면서도 자존감이 높아 보이던데 이것도 집안 교육의 영향인가요?"

아니, 우리 엄마는 사랑한다는 이유로 자식의 자존감을 마구 짓밟았어.

"가정환경은 평범했다고 하셨는데, 혹시 가난했던 시절이나 부모님 사업이 망했다든가 하는 사건 사고는 없었나요?"

그때 최 실장이 대화에 끼어들었어.

"가정사 부분 말인데요. 평범한 가정보다는 뭔가 역경이 하나 있는 게 좋겠죠? 근데 그 역경이 뻔하고 신파면 재미없고, 작가님이 생각하시는 신선한 역경 뭐 없을까요?"

그래, 역경 없이 태어나는 영웅은 없는 법.

새로운 역경이 만들어지는 순간.

대필 작가가 말했어.

"혹시 아버지가 알코올 중독이었다든가 그로 인해 어렸을 때 아동학대 경험이 있거나 하지 않았나요?"

뭐라고?

내가 대답했지.

"차라리 아빠가 게이로 전향했다는 게 낫겠어요."

세 여자의 미간이 동시에 찌푸려지고.

그래, 생각해보니 나도 역경 비슷한 게 있다면 있지. 지금도 엄마와 아빠는 결별해서 따로 살고 있으니까 말이야. 서류상 이혼이 아니라 신선할지도 모르겠어. 내가 고등학교를 졸업하자마자 그랬으니까 벌써 10년도 더 지났네. 엄마가 끓여준 김치찌개를 먹은 지도 벌써 그렇게 됐어. 내가 인터뷰 때 그런 소릴 한 건 그냥 할 말이 없어서일 뿐이야. 그래서 사람들이 좋아할 만한 클리셰를 사용한 거지. 아니면 오랜만에 엄마에게 방송을 통해 인사하고 싶었는지도 모르겠어.

사실 통화라도 하면 한 시간 내내 잔소리뿐이거든. 1년에 두 번 정도 통화를 하는데 한 번에 6개월 치 잔소리를 몰아서 한다고. 엄마의 잔소리는 디테일이 너무 뛰어나서 두 남자를 질리게 해버렸지. 같이 있으면 서로 싸우는 거 외에는 할 게 없었어.

어쨌든 우린 서로를 너무 잘 알았던 거야. 그래서 떨어져 있는 게 더 행복할 거라는 것도 알고 있었지. 아직도 난 엄마가 하는 잔소리들이 날 사랑해서 하는 거라는 생각은 안 들어. 그녀가 늘 주장하는 것과는 다르게 말이야. 난 정말로 사랑을 느껴본 적이 없거든. 단 한 번도 말이야. 내가 아직 철이 안 들어서 그런 게 아니야. 엄마가 자식을 대하는 법은 여전히 잘못됐다고 생각해. 그녀는 사랑한다는 이유로 자식의 자존감을 무너뜨리거든. 내가 왜 중학교 때 훔치지도 않은 지갑을 훔쳤다고 손을 들었겠어?

뭐, 그래도 만약 엄마가 아프면 내가 제일 먼저 달려갈 거야. 어떤 병에 걸려도 내가 끝까지 옆에 있을 거고, 밤도 제일 많이 새울 거야. 뭐, 엄마도 내가 아프면 그럴지 모르겠지만.

최 실장이 말했어.

"흙수저의 자수성가는 이제 진부하겠죠?"

대필 작가가 말했지.

"아마도요."

9월 3일
이틀째 폭염

이틀 만에 나의 랭킹이 한 단계 상승했어.

근데 이번에는 여자들이 뽑은 게 아니래.

난 이제 게이들이 뽑은 매력남 순위에서도 1위야.

거칠 것이 없지.

이게 다 그 헤어디자이너와 메이크업아티스트 덕분이야.

매일같이 내 머리를 고데기로 펴고 화장을 해주는 사람들 말이야.

내가 그토록 아이라인은 그리지 말라고 했는데.

그리고 그런 사람이 여기 한 명 더 있지.

커다란 어깨에 가냘픈 탱크톱을 걸친 캥거루.

"아무리 유산소 태우고 웨이트 열심히 해도 나트륨 섭취를 줄이지 않으면 얼굴 살은 안 빠져요. 모델같이 착 달라붙은 턱선을 가지고 싶으면 나트륨을 줄여야 해요. 완전히.”

어쩌지? 다음 주에 라면 광고를 찍을지도 모르는데.

“조금만 더 노력해보자고요. 원래 여기까지 오기는 쉬운데 나머지 20퍼센트가 더디고 힘들죠. 우리 끝까지 힘을 내보자고요. 이렇게 마지막 한 번을 쥐어짤 때 근육이 만들어지는 거예요. 화보 촬영이 얼마 남지 않았다면서요. 실장님이 상반신 노출하기로 했다던데, 부끄럽게 이런 몸으로 찍을 거예요?”

그는 웃는 얼굴의 악마.

지옥에서 온 캥거루.

난 거울에 비친 내 모습을 바라봤어. 다른 건 몰라도 엉덩이 하나는 이제 등에 붙어 있는 것 같아. 그가 만든 실전용 근육 덕분이지. 온몸을 쥐어짜고 비틀어가며 만든 가파른 치골과 복근.

러시안 트위스트.

레그 레이즈.

트위스트 크런치.

짐에서 나오자 스타일리스트가 핑크색 니트와 화이트 스키니진을 들고 날 기다리고 있었어. 이제 왜 내가 1위가 됐는지 알겠지?

“핑크색은 조금 그런데. 그냥 핑크색도 아니고 형광 핑크잖아.”

그것도 목라인이 깊게 파인.

"왜 안 하던 옷 투정이에요? 지금까지 불평 없었으면서. 이거 구하기 힘든 아크네 신상인데."

오늘 스케줄은 영화 시사회라고 했어.

포토월에서 내가 손을 흔들면 수백 번의 플래시가 터지지.

어쨌든 개봉도 안 한 영화를 공짜로 보여준다니 마음에 들었어. 극장 안으로 들어가자 수많은 스타들 이름 사이에 내 이름이 붙어 있었지. 그리고 그 유명한 사람들이 나를 보고 먼저 인사를 했어. 내가 핫하긴 한가 봐.

"안녕하세요? 김신 씨."

누구지? 익숙한 얼굴인데.

아 그래, 도지은.

한때 국민 요정이었다가 표절과 무개념 발언으로 나락에 떨어진 슈퍼스타. 그녀가 내게 웃어 보였어.

광고에서 본 그 싱그러운 미소 그대로.

"전에 헤어숍에서 봤는데. 요즘 방송 잘 보고 있어요."

예전엔 철없는 여동생 이미지였는데 사건 이후 그녀는 사회운동가가 되어버린 것 같아. 개념 있는 연예인이 되기 위해 발악하는 모습이 안쓰러웠는데. 그걸 뭐라고 부르더라? 소셜테이너라고 하던가? 얕은 지식으로 온갖 세상일에 참견하며 자신의 가벼움을 자랑하는 것 말이야.

그런 유명한 분이 내 옆자리라니 감회가 새롭군. 하지만 매니저가 내게 와서 말하길 영화를 끝까지 볼 수 없대. 오늘 스케줄이 너무 빡빡하거든.

영화가 시작된 지 30분 만에 나는 다시 밖으로 나왔어. 그리고 다음 스케줄로 이동하는 차 안에서 스타일리스트가 말했지. 현재 모든 포털사이트에 내 사진이 올라와 있다고 말이야. 모든 유명인과 연예인을 제치고 나의 사진이 메인을 차지했대.

핑크빛 미소의 김신.

의상처럼 핫한 김신의 패션감각.

영화관에 나타난 핑크색 패셔니스타.

스타일리스트가 말했어.

"내가 뭐라고 했어요. 이런 게 사진발 제대로 받는다고 했죠?"

이어지는 스케줄은 아웃도어 의류의 지면광고 촬영이야.

이 더운 날에 바람막이부터 패딩까지 입고 온갖 포즈를 취해야 하지.

나는 지금 이노락 후드를 입고 암벽 등반장에 매달려 있어.

제발 다음 옷은 패딩이 아니었으면.

"고생했어요."

스타일리스트가 땀으로 푹 젖은 나를 수건으로 닦고 있어.

연신 부채질을 하면서.

촬영으로 파김치가 됐지만 오늘 스케줄이 끝난 게 아니래. 최실장이 소개해준 곳으로 경락 마사지를 받으러 가야 하거든.

그곳은 회사와 멀리 떨어지지 않은 주택가에 있었어.

이렇다 할 간판도 없었고 안내도 없었지.

이곳은 많은 연예인과 모델 들이 찾는 곳이래.

최 실장은 내 얼굴에 남은 부족함을 이곳이 해결해줄 거라고 했지.

건강이나 마사지를 목적으로 찾는 곳은 아닌 것 같아.

오로지 얼굴 축소만이 목적이지.

"조금만 참으세요."

난 솔직히 엄살이 심한 편은 아니야.

하지만 이건 진짜 두개골이 부서지는 느낌이라고.

아마 웬만큼 착한 사람도 관리사 얼굴에 주먹을 꽂고 싶을걸?

그런데 중요한 건 이 고통을 견디고 속으로 욕을 백 번 넘게 한 후 거울을 보면 다른 사람이 있다는 거야.

뼈와 살이 찰싹 달라붙은 나의 얼굴.

칼같이 떨어지는 턱선.

마치 유럽 런웨이 모델처럼 하관이 목선에 붙어 있는 모습.

마치 30분 동안의 마법같아.

성형수술로도 얼굴 사이즈는 고칠 수 없는데 말이야.

하지만 더 중요한 사실이 있어.

이 마법이 세 시간이면 다 풀린다는 거야.

"뜨거운 국물 마시면 두 시간도 안 갈걸요?"

스타일리스트가 말했어.

마법이 풀린 공주처럼.

"이것도 꾸준히 2~3년 해야 효과가 있대요. 그런 거 보면 연예인들 대단하죠? 진짜 뼈를 깎는 고통이라니까요. 방송물이라고 하는데 사실은 경락발이죠."

반쪽이 된 나의 윤곽 잡힌 얼굴.

"알아요? 최 실장이 경락 마사지사를 데리고 화보 촬영을 할 수도 있다던데."

9월 20일
햇살 쏟아짐

여기 사인 좀 해주세요.

스타일리스트가 내게 책을 들이밀며 말했지.

색이 점점 빠져가는 부서진 앵무새 머리를 하고서 말이야.

"최 실장이 보면 뭐라 하니까 빨리요."

내 책은 출간하자마자 비소설 부분 1위를 기록했어.

"친구들이 사인 받아달라고 협박까지 한다니까요. 연예인 스타일리스트 했을 때도 안 그랬는데 말이에요. 뭐 SNS에 올려서 자랑이나 하려고 그러는 거겠지만."

내가 생각하기에도 이 책은 그러라고 만들어진 것 같아. 출판사는 모험, 도전, 청춘 같은 문구들을 덕지덕지 붙여놨지만 돈 주고 사봐야 인생에 하나 도움이 안 될 거라고. 마치 사람들의 상상력을 갉아먹고 뻔한 인생으로 인도하려는 자기계발서 같은 거지.

그런데 출판사 사람들은 벌써 추가 인쇄를 생각할 정도래.

표지가 예뻐선가?

하긴 최 실장과 출판사 관계자는 표지에 만전을 기했다고. 그들은 결국 이렇게 스타벅스 테이블 위에 올려놓으면 멋질 만한 디자인을 뽑아냈지.

심플하고 유니크한 액세서리 말이야. 난 이제 그 책을 위해 희생된 지구의 나무들에게 미안해해야 할 것 같아.

스타일리스트가 말했어.

"마요네즈 얘기 감동이었어요. 나도 모르게 세트장 밖에서 공감해버렸다니까요. 모두 어쩔 수 없이 살지만 그 나름대로 가치 있는 삶이겠죠. 분명?"

"이 일 좋아서 하는 거 아니었어?"

"좋아서라니요. 경력 쌓으려다가 노예의 길로 들어서버린 거죠. 이제 나이가 차서 다른 데 가지도 못해요. 그거 알아요? 자기가 좋아서 하는 일하고 돈 벌려고 하는 일을 어떻게 구분하는지?"

"모르겠는데."

"당장 로또에 당첨돼도 계속 할 수 있는 일이 진짜 좋아하는 일이래요. 내가 만약 이번 주 로또에 당첨되죠? 당장 이 일 때려치울 거라고요. 안 그래요? 매니저님?"

"예린 씨 저번 주에도 10만 원어치 샀다며? 아무것도 안 된 거야? 요즘 로또 안 하는 사람이 없다니까. 세상 그런 거 모르던 우리 엄마도 샀더라고."

"이번 주 당첨금이 무려 300억이 넘는다는데 안 사게 생겼어요? 아, 모든 이의 꿈. 일 안 하고 돈 벌기. 안 그래요? 죽도록 일해서 돈 버는 건 별로 의미가 없는 것 같아요. 쓸 시간이 없는데 누구 좋으라고 그래요. 근데 매너저님, 이번 주에도 당첨자가 없으면 다음 주에는 대체 얼마예요?"

나는 다시 방송국 회의실에 와 있어.

최 실장이 피디와 함께 나를 기다리고 있었지.

싱글 남성의 24시간을 관찰하는 리얼리티 프로그램이래.

피디가 말했지.

"부담 가질 필요 없이 있는 그대로 보여주면 돼요."

그의 말대로 부담 없는 여섯 개의 카메라가 우리 집에 달릴 예정이래.

"그래도 첫 회는 좀 임팩트가 있어야 하는데. 혹시 정말 더럽거나 완벽하게 깨끗하거나 둘 중 하나를 선택하면 뭘로 하겠어요?"

최 실장이 피디의 말에 답했어.

"편집증 환자보단 털털한 게 낫지 않겠어요? 반전 이미지로도 좋을 것 같고요."

피디가 다시 말했지.

"그렇다면 허당 콘셉트는 어때요? 완벽해 보이지만 허점이 많은 남자 말이에요. 아니면 피겨 같은 걸 모으는 것도 좋을 것 같은데. 신 씨가 지적인 이미지가 있으니까 이런 설정도 먹히지 않을까요?"

아까 분명히 리얼이라고 들은 것 같은데.

"아, 그리고 아침에 일어나 샤워하는 거 해줬으면 좋겠어요. 신씨가 옷 벗고 샤워하면 아마 시청률 5프로는 오를 거예요. 예고편으로 써도 그만이고요."

둘의 웃음.

"안 한다고 말할 생각 말아요."

회의실을 나오자마자 최 실장이 말했어.

"일단 2회 분량만 하고 반응 봐서 하자는데 사실 별생각 없어요. 너무 오래 해도 이미지 소비잖아요? 벌써 광고도 네 개나 나오는데."

휴대폰, 화장품, 라면, 아웃도어.

"작위적이라고 생각 말아요. 덕분에 진짜 사생활은 감출 수 있잖아요? 뭐든지 긍정적인 면을 보자고요."

"카메라는 언제 설치하는 거예요?"

"이미 설치했어요."

그럴 리 없는데.

"설마 진짜 신 씨 집에서 찍는다고 생각한 건 아니죠? 뭐 그럴 수도 있지만 회사에서 렌트한 집에 이미 설치했어요. 신 씨한테 어울릴 만한 적당한 크기의 집이죠. 거기서 녹화하듯 하루 지내고 오면 돼요. 피디나 작가는 당일 날 그 집으로 올 거고요. 가구나 옷장, 서재도 신 씨 이미지에 맞게 세팅해놨으니 잘 보고 익숙하게 행동하세요. 먹을 거라든가 필요한 거 있으면 매니저 시켜서 채워 넣고요. 여기, 작가가 쓴 대본이에요. 알죠? 이대로 안 해도 되지만 가이드라인으로 생각하면 좋아요. 마지막으로 참고해요. 이 프로그램은 광고가 엄청 잘 들어온다는 거. 라이프 스타일을 파는 거라고 생각하면 돼요. 똑똑하니까 알아들었죠? 신 씨가 어떻게 하느냐에 따라 우리의 미래는 더 밝아질 거예요.”

조작된 리얼리티. 그러기 위해 내가 가장 먼저 할 일은 내 삶을 속이는 거였어.

“아, 그리고 오늘은 같이 갈 데가 있으니까 따라와요.”

매니저는 날 애견숍으로 데려갔지. 최 실장이 말했어.

“신 씨라면 어떤 강아지를 기를 거예요?”

“강아지는 별로예요. 집을 비우는 일도 많고.”

“아니, 신 씨가 키우는 거 말고 방송에 나갈 거 말이에요.”

“뭐 시추나 말티즈요?”

“그건 유행 지났잖아요.”

“코카스파니엘?”

“그것도 마찬가지고.”

"포메라니안?"

"업소 아가씨도 아니고."

"본인 이미지에 맞는 걸 생각해봐요."

나한테 대체 뭐가 어울릴까?

"푸들?"

"그래요, 맞았어요. 그런데 이런 토이 푸들 말고 스탠더드 푸들이죠."

최 실장이 가리킨 곳에는 내가 지금까지 본 것 중에 가장 큰 하얀색 솜뭉치가 있었어. 마치 인간처럼 양반다리를 하고 앉아 있는 커다란 개.

"걱정 말아요. 진짜 키우라고 안 하니까. 방송 나갈 때만 자기 집 개처럼 키우고 촬영 끝나면 매너저가 여기로 데려다 놓을 거예요. 저래 봬도 몸값 비싼 개라고요. 근데 아무리 봐도 이건 대박 아니에요? 얘 때문에 집도 큰 걸로 준비했다고요. 좁은 집에서 대형견 키우면 또 말 많은 사람들이 귀찮게 하거든요. 이름은 신 씨가 정해요. 그 정도는 주인이 해야죠."

스탠더드 푸들이 앞발을 내 어깨에 걸치고 얼굴을 핥고 있어.

"거봐요. 이렇게 사교성이 좋다니까. 최고의 조련사가 훈련시킨 개라더니 값을 하네. 무슨 반 사람 같잖아요."

얼굴은 그냥 솜뭉치 두 개가 붙어 있는 거 같은데.

커다란 솜 하나에 점 두 개. 작은 솜 하나에 점 하나.

엎드리라면 엎드리고.

앉으라면 앉고.

꼭 요즘 나를 보는 것 같군.

"내 말만 믿어요. 이건 진짜 대박이니까."

9월 30일
뭉게구름

똑같은 포즈로 소파에 기대 앉아 TV를 보는 뭉치와 나.

뭉치는 정말 사람처럼 앉아 있어. 가끔은 턱을 괴기도 해.

현관에서 들어오는 나를 반기는 뭉치. 사람처럼 어깨에 발을 올리고 허그를 하는 뭉치. 뭉치와 나는 최고의 콤비.

방송이 나간 지 일주일이 지났는데 아직도 인터넷은 뭉치와 내 얘기로 떠들썩해. 최 실장의 입가에는 미소가 떠나지 않고 있지. 아마도 광고 섭외가 쏟아지나 봐. 내 몸값이 배로 뛰었다는 소문도 들려와.

광고의 3대 전략은 미녀와 동물 그리고 아기라고 들었는데.

그중 절대 미움받지 않는 두 가지는 동물과 아기고 말이야.

일전에 최 실장이 내게 말했던 게 떠올랐어.

"혹시 애 보는 프로그램에 관심 없어요?"

오늘은 콜라 광고 촬영이 있는 날이야.

벌써부터 관찰 리얼리티 프로그램의 효과를 보는 것 같아. 1회 방영분에 제로콜라로 가득한 냉장고가 나왔었거든. 촬영장으로 가는 차 안에서 스타일리스트가 화난 목소리로 말했지.

"최 실장이 뭉치 옷 만들래요. 그것도 엄청 귀여운 걸로 만들라 네요. 뭉치 사이즈는 구할 수도 없다면서 말이에요. 하루 종일 옷 나르고 이제는 개 옷까지 만들고 있어요."

매니저가 말했어.

"예린 씨, 이번 주 로또는 어떻게 됐어? 난 4등 당첨됐어."

"매니저님, 제가 이렇게 출근한 거 보면 몰라요? 당첨됐으면 이 렇게 땀 흘리며 아침부터 개 옷이나 만들고 있겠어요? 저번 주에 는 진짜 꿈자리도 좋았는데, 그래서 점집 가서 번호까지 받아 왔 는데 어떻게 하나도 안 맞을 수가 있냐고요. 이번 주에는 분석 사 이트에서 돈 주고 번호 받아야겠어요. 아님 로또 명당이라도 찾 아가야 되나?"

"3, 23, 30, 33, 43, 37. 어때?"

"네? 뭐라는 거예요?"

"다음 주 당첨번호 말이야. 지금 막 내 머릿속에 스쳐 지나갔 거든."

"아니 연예인님, 로또도 확률 게임인 거 몰라요? 왜 유료 분석 사이트가 있겠냐고요. 3자에 귀신들렸나, 그런 번호가 어떻게 나와요. 하긴 절실하지 않은 사람이 뭘 알겠어요. 학자금 대출도 못 갚은 사람의 심정을 대스타께서 어떻게 알겠냐고요?"

"그래서 안 할 거야? 왠지 우주의 기운을 받은 거 같은 번혼데 말이야."

"뭐 그럼 속는 셈 치고 한번 믿어볼까요? 번호가 뭐라고요? 그런데 다시 똑같이 말할 수나 있어요?"

나는 야외에서 진행되는 광고 촬영장에 와 있어.

내가 콜라 모델이 될 줄은 몰랐는데. 그것도 한창 잘나가는 여자 연예인과 함께 말이야. 최 실장 얘기에 따르면 냉장고에 가득 차 있던 제로콜라가 광고주의 마음을 샀다고 해. 스타일리스트가 말했어.

"미리 말해두는데 오하영 진짜 싸가지 없어요. 오늘은 얼마나 기다리게 하려나. 새벽 촬영이라도 하면 자기 먼저 찍자고 아양 떨 텐데. 근데 방송에서 나온 제로콜라만 먹는 거 콘셉트죠? 완전 노린 거 같은데."

아니야, 그냥 대본을 참고했을 뿐이지.

대본: 괴짜 같은 면을 보여주는 것도 괜찮아요.

스튜디오의 엠시와 패널 들이 놀라고.

나는 말했지.

"칼로리 때문이 아니라 그냥 맛으로 먹는 거예요."

전국의 제로콜라 마니아들에게.

대본: 섹시미 어필(※참고: 요리하는 남자는 섹시함).

가슴 파인 슬리브리스를 입고 파스타에 소금을 집어 던지는 나.

스튜디오 엠시: 요리를 왜 이렇게 잘해요? 어디서 배운 적 있어요?

"언제나 바깥에서 맛있는 음식을 먹으면 똑같이 해보고 싶었죠. 이 재료는 어디서 왔고 어떤 맛을 낸다. 그렇게 음식을 분해해서 역추적하는 거예요. 사실 요리는 인간의 통찰력 그 자체거든요."

패널 1: 레시피 같은 거 안 보고 그대로 재현한다고요?

"계속 하다 보면 감이 와요."

패널 2: 역시 도전의 아이콘답네요.

그래, 이걸로 조미료 광고라도 들어왔으면 좋겠는데.

누군가 말했지. 라이프 스타일을 파는 거라고.

나는 다시 리얼 다큐멘터리 프로그램으로 돌아왔어.

내 인생 말고 세트장에서의 인생 말이야.

몇 주 전 부탁한 방음 부스 공사가 끝났다는 소릴 들었거든.

그곳에는 빨간색 에어라인과 하늘색 펜더 재규어가 세워져 있지.

회사에서 받은 돈으로 가장 먼저 주문한 거야.

기타와 이펙터 그리고 앰프.

나는 2주 뒤 생방송으로 진행되는 라이브쇼에서 노래를 부르기로 했어.

나는 즈완의 〈어니스트리〉를 밴드와 연주한다고 했지.

물론 피디는 대중적인 곡을 원했지만.

뭐 그럼 다른 사람 쓰든가.

난 이 방음 부스에서 플랜저와 갖가지 이펙터들로 멋진 페달박스를 구성했어. 그리고 이 장면은 아마 관찰 리얼리티 프로그램의 2회 분량으로 나가게 되지. 방 안에 앉아 전기 입자 분석을 하는 나. 유식한 말도 좀 늘어놓고 말이야.

"기타리스트들은 이런 이펙터들을 물리고 물려서 자신만의 톤을 만들죠. 일렉기타 사운드는 사실 전기 장난이에요. 이렇게 입력된 전기 신호에 과부화가 걸린 걸 오버드라이브라고 부르죠. 이걸 좀 더 찌그러뜨리면 디스토션이라 하고요. 입력된 신호의 시간차를 이용하는 건 딜레이라고 해요. 그리고 주파수의 위상차를 변형하는 걸 플랜저라고 하죠. 이렇게 제트기 날아가는 소리가 들리는 게 플랜저예요."

제트기의 급속한 하강음과 상승음이 방 안을 가득 메우고 있어.

"정말 멋진 사운드죠? 원음은 이렇지만 플랜저 페달을 밟으면 바로 이런 사운드로 변형되죠. 마치 제트기의 상승·하강음처럼 말이에요. 원음에 간접음이 섞이면 이런 파장이 나오게 되죠. 이런 걸 도플러 효과라고 해요."

그런데 기타 치는 남자를 여자들이 좋아했었나?

10월 10일
높고 청명한 하늘

내가 출연한 관찰 리얼리티 프로그램은 자체 최고 시청률을 경신했어.

최 실장의 말에 의하면 피디가 고정출연을 해달라고 읍소를 한대.

그녀가 나를 고급 레스토랑으로 불렀지.

프렌치 레스토랑의 프라이빗 룸.

성대한 파티를 열어주기라도 할 건가 봐.

하지만 그녀는 매니저와 스타일리스트를 퇴근시켰어.

왠지 좋은 건 나만 하는 느낌이야.

"같이 먹으면 좋을 텐데."

"왜요? 나랑 있는 거 싫어요? 우리 소박하게 와인 한잔 하면서 얘기나 하자고요. 그동안 너무 달려만 왔잖아요."

프라이빗 룸의 커튼을 치고 지그재그로 된 유리문을 접으니 탁 트인 정원이 나왔어. 마치 도심 속에 숨어 있는 비밀 장소 같았지.

덤불로 덮인 파릇한 담장 벽과 가을 밤의 선선한 공기.

그리고 그 바람을 타고 살랑거리는 원피스를 입은 여자가 내 앞에 섰지.

아무래도 예상치 못한 인물이 등장한 것 같아.

고개를 드니 빈티지한 원피스 위에 라이더를 걸친 그녀가 내게 인사했어.

이제 그녀는 비싼 옷은 안 입기로 했나 봐.

우주에서 향상된 기억력에 의하면 그런지 룩이라고 부르던가?

난 요즘 어린아이처럼 누군가 그냥 흘린 말도 다 기억해.

약간의 예지력도 생긴 듯하고.

최 실장이 말했어.

"지은이 알죠? 마침 근처에 있다고 해서."

최 실장은 도지은을 데뷔 때부터 돌봐준 매니저라고 했어.

"안녕하세요, 요즘 자주 보네요. 방송 잘 보고 있어요. 그런데 뭉치는 안 데리고 왔어요?"

그녀의 의도적으로 꾸며진 억양은 마치 드라마 대사를 읽는 듯했어.

"미용하러 갔다고 들었는데. 개털 한 번 깎는 데 50만 원이 든다고 하던데 맞죠, 최 실장님?"

그녀가 웃었어.

"아, 진선 언니 작품이구나. 하긴 개 싫어하는 사람은 없죠. 그런데 신 씨는 어쩜 그렇게 말을 잘해요? 상식도 풍부하고, 그렇다고 고리타분하지도 않고 유머감각도 있고, 약간 반항아 기질도 있고. 맞아요, 기타도 잘 치시잖아요. 어렸을 때부터 기타 치는 남자가 그렇게 섹시하던데."

"요즘 많이 한가하신가 봐요? 그런 걸 다 챙겨 보고 있다니 놀랍네요. 요즘은 뭔가 속세에 떨어진 느낌이잖아요. 무슨 시골에서 유기농 채소 길러 먹는다고 그러지 않았어요? 그 뭐지, 커피도 공정무역 커피만 드시고."

"말이 좀 삐딱하시네요. 요즘 잘나가신다고 어깨가 올라간 것 같은데 너무 자만하지는 말아요. 인기는 신기루 같은 거니까."

그녀는 끝까지 미소를 잃지 않고 내게 말했어.

"벌써부터 왜 이렇게 으르렁거려."

최 실장이 우리 둘 사이에 껴들었지.

"그러지 말고 이거나 먹어봐. 여기 아뮤즈 부슈가 맛있거든."

스푼에 얹힌 장난감 같은 음식이 내 앞에 놓였어.

"그러지 말고 둘이 잘해볼 생각 없어? 아니, 그렇지 않아도 으르렁거리는 게 벌써 느낌이 오는데."

"언니, 그런 소리 함부로 하지 말아요."

도지은이 앞에 놓인 빵을 뜯으며 말했지.

식전 빵에 이어 아보카도와 새우 세비체라는 게 나왔어.

웨이터가 말하길 다음은 자연산 농어구이와 푸아그라가 준비되어 있대.

그다음은 성게알 리조토.

메인 디시는 아마도 스테이크인가 봐.

그녀 앞으로 송아지 스테이크가 놓였지.

"채식주의자라고 들었는데, 내가 잘못 알고 있는 건가?"

참으려고 해도 참을 수가 없어.

"신 씨가 아직 순수하시구나. 다 만들어진 이미지라는 거 알고 계실 텐데."

최 실장이 끼어들었지.

"그만들 좀 싸워. 그러다 정들겠다."

그녀의 입술에 묻은 붉은 고기의 흔적. SNS에서는 마치 사회운동가처럼 행동했는데. 채식주의, 모피 반대, 성소수자 차별 반대, 또 뭐가 있었더라?

이어 내 앞에 이름 긴 아이스크림과 커피가 디저트로 나왔어.

커피잔을 들며 말했지.

"공정무역 커피였음 좋겠는데. 불쌍한 아프리카인들에게 정당한 대가를 주고 생산한."

그녀가 말했어.

"상당히 매너 없다는 거 알고 계시죠? 그쪽 말이에요."

왜? 반항아적인 면이 좋다면서.

"둘 다 정말로 티키타카가 장난이 아니네. 좀 부드럽게 진행하려고 했는데 도무지 안 되겠어. 뜬금없을 수 있지만 기왕 이렇게 된 김에 솔직하게 말할게. 신 씨 지은이하고 사귀는 거 어때?"

채식주의만큼 어이없는 소리였어.

물론 그녀가 왔을 때부터 뭔가 있을 거라 생각했지만.

왜냐하면 최 실장은 쓸데없는 짓은 절대 안 하거든.

"아, 물론 진짜 사귀는 거 말고 계약 연애 말이야. 어때? 사실 지은 씨 회사랑은 이미 얘기 끝난 건데 말이야. 비즈니스적으로 근사한 제안 아니야? 생각해봐, 둘이 연애하면 세상이 뒤집어질 거라고. 아마도 올해 최고의 이슈가 될 거야. 서로 윈윈하는 일이 될 거라고."

도지은이 말했어.

"미리 말해두는데 남자 친구 있어요."

최 실장이 말하고.

"그런 건 계약 내용에 첨부하자. 서로 사생활은 지켜주는 걸로. 신 씨는 어때? 흥미롭지 않아?"

최 실장은 이 바닥은 누가 더 관심을 잘 끄느냐의 싸움이라 했어. 관심을 끌 수 없는 연예인은 그냥 죽은 사람일 뿐이라고.

"지금 내가 예전 같지 못하다고 손해라고 생각해요?"

도지은이 말했지.

"뭐 부정하진 않을게요. 난 여전히 약간 비호감 이미지고 당신은 지금 가장 뜨고 있는 사람이니까. 솔직히 얘기해서 당신의 지적이고 틀린 말 안 하는 이미지가 필요해요. 당신의 여자 친구가 되면 당신이 얘기했던 쓸데없는 이미지 메이킹도 할 필요 없겠죠. 의식 있는 척, 개념 있는 척 그만해도 된다고요. 당신의 여자 친구가 됐다는 이유로, 당신의 선택을 받은 여자라는 이유로 모든 게 정리되니까요."

최 실장이 와인 잔을 들며 말했어.

"기간은 6개월 정도로 하고 상황 봐서 예쁘게 헤어지는 걸로 하자. 지은 씨가 저렇게 얘기해도 영화 쪽이나 패션 쪽으로는 지은이 도움을 많이 받을 수 있을 거야. 그러면 그야말로 진짜 연예인이 되는 거지. 난 정말 기대돼, 둘의 케미가 말이야. 둘 팔로어만 합쳐도 얼마냐고. 천만 팬덤이 합쳐지는 거라고."

레드와인이 그녀의 마른입으로 흘러 들어가고 있어.

"그런데 지은아, 오늘은 따라온 사람 없었어?"

"있어요. 귀찮은 파파라치들. 새로 이사한 집은 어떻게 알았는지. 아마 오늘 여기 같이 있는 것도 찍혔을지 몰라요."

이런 젠장.

벌써 함정에 빠져버린 것만 같아.

10월 15일
화창한 일요일

주말 버라이어티에서 나는 즈완의 〈어니스트리〉를 연주했어.

사람들의 갈채 속에서 누군가 들어주길 바라며.

나는 사람들에게 둘러싸여 있었지만 여전히 혼자였지.

우주에 가기 전에 난 세상에 진저리가 났었어.

우주에 다녀오고 내가 그냥 오만한 놈이었다는 걸 깨달았지.

나는 이제 리얼 다큐멘터리 프로그램의 고정출연자가 됐어. 이 프로그램은 나를 나타내기에 아주 적합한 것 같아. 이번 주에는 집에다 그물 침대를 만들 거야. 다음 주에는 스케이트보드를 타러 갈 거고. 내 인스타그램 팔로어는 매주 만 명씩 늘고 있지. 내 근육량은 매주 5퍼센트씩 증가하고.

자고 일어나면 몸값이 억 단위로 불어나.

그런데 내가 이런 노력을 하는 이유가 뭘까?

가득 찬 댓글과 쌓여 있는 메시지.

어느새 모르는 사람으로 가득 찬 나의 인스타그램.

난 그냥 잊고 싶은 게 많았어. 우주는 마지막 도피처 같았지.

많은 이유가 있었지만 너의 결혼이 나를 우주로 보낸 가장 큰 이유 아니었을까? 서른을 넘어서니 갑자기 공허해진 인생, 모든 게 재미없어지고 거지 같은 세상에 질렸다는 건 모두 핑계 아니었을까?

우린 친구였을까? 연인이었을까?

나는 친한 친구였다는 이유로 연인처럼 행세하기 힘들었나?

답을 내릴 수 없이 시간은 흘러갔고 난 지금이라도 답을 찾고 싶어.

내가 갈게, 혜주야.

우리가 있던 예전의 거리, 예전의 그곳으로.

잊히지 않는 기억은 잔인하지만 난 그걸 선택했거든.

그 여자들이 괴상한 일을 벌이기 전에 널 만나야겠어. 빌어먹을 우주발사체의 버튼도 눌렀던 손인데 메시지 하나 보내기가 이렇게 힘들다니.

10월 17일
추적추적 비 오는 저녁

"웬일이야, 먼저 연락을 다 하고."

"그럼 먼저 하지 그랬어."

어딘가에서 불어오는 아카시아 향기.

"내가 연락하면 받을 수나 있니?"

"그래서 내가 했잖아. 오늘 너 냄새 좋다."

"웬일이야, 그런 소리 처음 들어본다. 이 향수만 3년쨌데 말이야."

"알아. 세르주루텐 뉘 드 셀로판."

"뭐야, 이 향수 이름을 알고 있었어? 내가 좋아하는 거라고 몇 번을 말해도 기억 못 하더니."

"나한테 향수 잘 아는 친구가 생겼거든."

"그런데 뜬금없이 연락해서 웬 맥도날드야? 이제 이런 데 오면 사람들이 알아보지 않니?"

"왜, 비 오는 날 맥도날드 운치 있잖아. 왠지 미국 냄새도 나고 말이야. 난 오늘 우리가 처음 시작했던 곳으로 돌아가고 싶었어."

"무슨 소리 하는 거야. 그래, 이렇게 있으니까 옛날 생각 나긴 하네. 너랑 교복 입고 가던 맥도날드 아직 거기 있을까?"

"아직 있을 거야. 예전 같은 주황색 타일 바닥은 아니겠지만. 거기, 친구들하고 매일 놀다 돌아가는 길에 있었는데. 기억나? 비 오는 날 너 혼자 거기 있었잖아. 그날이 너한테 처음 말을 건 날이었는데, 내가 왜 혼자 있느냐고 물으니까 비 오는 날 맥도날드 오면 미국 냄새 난다고 했잖아."

"내가 그랬다고?"

"그래, 그때 너 예뻤는데."

그 얼굴 그 미소, 마치 어제 찍은 사진 같아.

"뭐가 예뻐, 완전 까맣고 촌스러웠지."

"아니야 웃을 때 예뻤어. 너 왠지 도도했는데 웃을 땐 천진난만했거든. 눈도 크고 이마도 동그랗고. 지금처럼 웃을 때 입꼬리는 안 올라갔지만 말이야."

"웃을 때 입꼬리 올라가는 여자가 좋다며."

"좋다고 했지 너한테 수술하라고는 안 했잖아."

"그래, 어쨌든 고마워. 입꼬리 찢은 덕분에 웃는 거 예쁘다는 소리 요새도 종종 듣는다."

"우리 이러고 있으니까 진짜 그때 같지 않니? 그때도 이렇게 만나서 몇 시간이고 떠들었잖아. 근데 너 학교에서는 나한테 말도 안 했던 거 기억해?"

"넌 왠지 학교에서는 쉽게 다가갈 수 있는 존재가 아니었어."

"그래, 우리가 여기서 처음 말한 게 5월이었으니까 학교에선 두 달 넘게 말을 안 한 거네. 생각나? 항상 여기서 얘기하다 저녁 9시쯤 나와 같이 거리를 걷던 거?"

"그랬었나? 그런데 그런 걸 아직도 기억하고 있니?"

"그때 너와 걷던 거리에서 아카시아 향기가 났었거든. 그러니까 아마 5월의 밤이었을 거야."

"맞아, 너 밤바람에 날리는 아카시아 향기 좋아하잖아."

"그래서 말하는 건데, 너 그래서 이런 향수 뿌렸던 거지? 바이레도 라튤립, 세르주루텐 뉘 드 셀로판. 전부 아카시아 향 나는 거잖아."

"무슨 소리야, 나도 아카시아 향 좋아해. 그런데 어떻게 그 향수 이름들을 다 알고 있어? 오늘 신기한 거 많이 보네. 내가 향수 좋아하는 거 알면서 뭘 뿌리는지 관심도 없었잖아."

"사실 널 만날 때마다 어디서 아카시아 향기가 난다고 착각했거든. 그런데 이제야 알게 된 거야. 너 그거 알아? 모든 감각은 시상을 거치는데 후각신경만 기억의 뇌로 바로 연결되는 거. 그래서 냄새가 기억을 재생시키는 거래."

"오늘 뭐 잘못 먹었니? 왜 이렇게 평소 같지 않은 거야. 아 그래 맞다. 너 토요일에 TV 나오는 거 봤어. 기타 치고 노래 부르던 거 말이야. 이제 연예인 다 됐더라. 얼굴도 더 잘생겨지고."

"너 그 노래 무슨 노랜지 몰라?"

"노래? 미안, 사실 엄마하고 통화하느라 제대로 못 들었거든. 요즘 결혼 준비 때문에 엄마랑 하루에도 몇 번씩 싸워. 웃기지? 이것도 스트레스 은근히 받는다고."

"스트레스 받으면 아틀란티스 타러 가잖아."

"그래 맞아. 스트레스 받으면 구슬아이스크림하고 츄러스 들고 그거 타러 가야 하는데. 그러고 보니 대학교 졸업하고는 그것도 못 하네."

"늘 호수공원 산책로 후문으로."

"맞아. 그게 거기까지 가는 제일 가까운 루트지. 송파의 딸들만 아는 거야."

"매년 석촌호수 벚꽃이 한창일 때도 자주 갔었는데."

"그래 그랬었지. 그런데 여기 앉아서 한가하게 옛날얘기 하고 있어도 되는 거야? 너 요즘 엄청 바쁘잖아? 광고도 몇 개나 나오는 거야."

"너 내가 왜 이렇게 바쁘게 사는 줄 알아?"

"나도 그게 궁금해. 친구들도 궁금해하더라. 네가 돈 때문에 아

등바등 사는 스타일은 아니잖아? 그리고 도대체 갑자기 우주는
왜 간 거냐고."

"뭔가 지우고 싶은 게 있었거든. 그리고 우주인 되면 유명해지
잖아."

"너 그런 거 질색하지 않았어?"

"맞아, 그랬는데 우주에 갔다 오고 나니 돌려받고 싶은 게 하나
생겼거든. 그러려면 왠지 좋은 남자가 돼야 할 것 같아서. 돈도 많
고, 집도 강남에 두 채쯤 있고, 차도 몇 대 굴릴 수 있고. 근데 내
가 누굴 위해서 이러는지 궁금하지 않니?

"누굴 위해서 이러는 건데?"

"널 위해서야 혜주야."

"그런 농담 할 수 있는 것도 이제 몇 개월 안 남았다 너."

"아니, 진심으로 얘기하는 거야. 이제 나한테 가장 소중한 게 뭔
지 알았거든. 내 삶의 최고의 것은 너라는 걸 말이야."

"아니, 갑자기 불러내서 무슨 소리 하는 거야?"

"우주에 왜 갔느냐고 물었지? 그곳에 다녀오면 뭔가 잊을 수 있
겠다 생각했어. 그때는 그게 뭔지도 몰랐지. 그저 가슴속이 먹먹
한 거 말이야. 술 마시면 목구멍까지 올라와 삼키려 해도 넘어가
지 않는 거 말이야. 그런데 그곳에 다녀온 뒤 모든 게 명확해졌어.
설명하자면 긴데 너와 함께 했던 시간, 너와 함께 있던 공간, 그곳
의 냄새, 흐르던 노래, 전부 생생해졌다고. 네가 언제 어느 날 어

떤 표정으로 어떤 말을 했는지도 다 기억나. 요즘 내가 무슨 생각
하는 줄 알아? 그때 내가 왜 그랬을까 하는 생각뿐이야. 그러니까
이제 내게 돌아와."

"우린 1년 전에 끝났잖아."

"그래, 난 그때가 최고의 순간이었는지도 몰랐지."

"이제 와서 왜 그러는 건데? 나 이제 결혼할 신랑도 있거든. 좋
은 사람이고, 지금 그 사람이 나에겐 최고의 사람이야."

"뉴스 안 보니? 지금 이 나라 최고의 신랑감 1위는 나야."

"그래, 이제야 내가 알던 너 같네. 내가 지난 1년 동안 가장 후
회한 게 뭔지 알아? 너의 이런 가벼움조차 사랑했다는 거야."

"그래서 이렇게 변했잖아. 네가 늘 말한 대로. 네가 현실적으로
변하라며. 그래서 이렇게 말하는 거야. 이제 내가 그 사람보다 돈
더 많아. 사회적 지위도 높고, 몸도 더 좋지. 물론 난 그런 스포츠
카 열 대는 살 수 있고, 다이아몬드 반지 네 손가락마다 끼워줄 수
있어."

"너 날 속물로 만들고 싶은 거지? 너도 늘 그런 식이었잖아. 그
래, 그런 대단한 사람이 됐으니까 신랑감 1위는 나보다 더 예쁜
여자와 결혼해주세요. 나같이 별 볼 일 없는 여자로 만족할 수 있
겠어요? 적어도 연애는 톱스타랑 하셔야죠. 그 여자 연예인이랑
사귄다는 소문도 있던데 말이야."

"헛소리라는 거 알잖아."

"뭐, 아무튼 난 널 잃고 싶지 않아. 우린 여전히 좋은 친구잖아. 그리고 앞으로도 계속 그러길 바라."

"혜주야, 이런 말 하면 못 믿겠지만 나한테 기억을 지울 기회가 있었거든. 그런데 그걸 지우려고 들여다보니 그곳엔 너뿐이었어. 내 세계는 너 없이는 아무 의미도 없는 거였지. 그곳에선 너와 함께했던 날들의 향기가 정원을 만들고 있었어. 기억나? 대학교 때 니가 처음 만든 옷도 내 옷이잖아? 나 대신 우리 엄마 생일을 챙겨주던 것도 너였지. 지구에 돌아와서도 네 생각만 했어. 이제 난 그럴 수밖에 없거든."

"아까부터 뭔 소리 하는지 모르겠다. 그리고 기억은 미화되는 거래. 돌아가면 우린 똑같은 실수를 하게 될 거야."

"그러니까 혜주야, 기억이 미화되는 건 망각할 수 있기 때문이야. 그런데 이제 나는 그럴 수 없다니까. 외계인이 흐릿해진 것들을 재건해줬다고."

"외계인이라니, 도대체 무슨 장난하는 거야?"

"그러니까 이제 네가 했던 말들이 뭔지 알겠다고."

"근데 이제 내가 너가 하는 말을 모르겠는데?"

그래, 이게 당연한 건가? 혜주가 말했어.

"그래, 네가 하는 거면 다 좋을 때가 있었어. 그런데 지금은 아니라고."

"미안해, 네가 곁에 있을 때 그게 사랑인 줄 몰랐어. 하지만 지금은 사랑해."

이 말을 하기 위해 지구에 왔는데.

"나 다음 달에 결혼해."

우린 박자가 맞지 않은 연인.

"그래, 헤어진 지 1년도 안 돼서 결혼할 줄은 나도 몰랐어. 니가 인생은 즉흥이라며. 난 네 곁에서 한발 떨어져 있을 때 그게 사랑이 아니었다는 걸 알았어. 이제 우리가 다시 사랑할 수 있는 길은 다시 태어나는 것뿐이야. 뭐 그때는 행복해지자."

나도 네 맘과 같다고 말해주길 바랐는데.

다시 그때로 돌아가고 싶었는데.

"사실은 청첩장도 줄 겸 왔는데 그럴 분위기는 아닌 거 같아서 그냥 갈게. 아쉽다. 신랑도 니가 내 친구라니까 보고 싶어했는데. 아참, 이거 가져가. 너 이 설탕 좋아하잖아. 얼마 전에 신랑이랑 일본 갔을 때 생각나서 사 온 거야. 이제 너도 바쁘고 나도 좀 바빠질 거라 한동안 못 볼 것 같은데 마지막으로 할 말 있으면 해."

그래 무슨 말이 더 남았지?

"혜주야, 결혼식 날 공항 갈 때 차 지붕 열고 가지 마."

10월 18일
찬바람 불어와

이제 난 뭘 해야 하지?

다시 우주로 가기 전과 똑같아진 기분이야.

하루 종일 몸과 기분이 붕 떠 있는 느낌.

다른 점이 있다면 지금은 그럴 틈을 주지 않는다는 거야.

난 오늘 수제 일렉기타를 만들고 있어.

긴 나무토막에 직사각형으로 못을 박고 그 사이에 빈 콜라병을 고정시키지. 그리고 반대편에 픽업용 나무를 덧대고 때려 박아. 그 픽업 위로 여섯 개의 못을 깊숙이 박고 거기에 기타줄을 하나씩 돌려 감지. 그리고 반대편 콜라병까지 팽팽하게 타고 내려오게 하는 거야. 마지막으로 나무토막 옆으로 잭을 붙이고 케이블을 앰프에 연결하면 일렉기타 DIY가 되는 거지. 진짜 소리도 난

다니까. 아주 거칠고 빈티지한 소리가 말이야. 이 장면은 관찰 리얼리티 프로그램의 4회분으로 방송될 거야.

아무 말도 없이 못질이나 하는 걸 누가 보냐고?

내 생각엔 진짜 스타가 되면 요구사항이 없어지는 것 같아. 누구도 그건 지루해요, 호불호가 갈려요, 콘셉트와 맞지 않아요, 같은 말을 하지 않지. 진짜 스타가 되면 그저 마음대로 해주세요, 라고 말해. 왜냐하면 내가 뭘 하든 대중들은 열광하니까. 심지어 집중하는 모습이 섹시하다고 말해주지. 모두가 나의 라이프 스타일을 궁금해해. 내 한마디는 뉴스로 만들어지고 SNS에 수백만 번 인용되지. 최 실장이 말하길 국민적 영역에 들어와서 그렇대.

하지만 이것도 더 이상 의미가 없어.

세상이 내 뜻대로 돌아가도 한 사람의 마음은 바꿀 수 없는걸.

10월 19일
무미건조함

내 책은 5주째 베스트셀러를 지키고 있는 중이야.

사람들은 책이 나온 이후로 내가 어떤 감언 따위를 지껄이길 기대하지.

이제는 연애 상담도 해줘야 하나 봐.

힐링 프로그램만큼 역겨운 순간이 내 앞에 찾아온 거야.

나는 연애 카운슬링 프로그램에 게스트로 나와 있어. 나는 가장 핫한 싱글남이기에 이런 프로그램은 필수라고 하더라고.

엠시의 멘트.

"드디어 오늘 그분이 나오시는군요."

박수와 환호성. 쓸데없는 잡담들.

두 시간을 떠들어도 나가는 건 고작 3분 정도지.

드디어 작가가 작성한 첫 번째 주제가 프롬프터에 떴어.

그는 여자의 밀당에 휘둘리는 순진한 청년.

그들의 대화에 의하면 어장에 갇혀 이러지도 저러지도 못하는 물고기.

수도 없이 마음을 졸이게 했다 달콤한 말 한 번으로 다시 헌신하게 만드는 여자 때문에 힘들어하고 있대.

"그건 말하자면 일종에 습관 같은 거예요."

이제 내가 입을 열 차례가 됐어.

본격적인 솔루션이 시작되는 거지.

"여자들은 그런 행위로 자신의 가치를 확인하려 들거든요."

이런, 나는 모든 연령과 특정 직업 그리고 여성들에게 거슬리는 말을 하지 말라고 지시 받았는데. 특히 이삼십대 여성들은 내 책을 가장 많이 팔아준다고 했어.

엠시가 말했지.

"그럼 그런 여자들은 어떻게 대하죠."

"그런 걸 시도하려는 순간 차단하세요. 자기가 먼저 어디에요? 밥 먹었어요? 그러다가 어느 순간 톡도 안 보고 관심 없는 척한다는 거잖아요. 그럴 때는 그냥 차단하세요. 안 없어지는 숫자에 마음 졸이고 감정 낭비할 만큼 보잘것없는 인생이 아니잖아요?"

여자 패널이 내게 말했지.

"혹시 제대로 밀당을 겪어보신 적 없어요?"

그래 아주 적당하고 쓸데없는 질문이야.

"저는 나름대로 규칙이 있어요. 이런 정도의 관계라면 세 시간이 적당하죠. 밀당이고 뭐고 세 시간 안 보면 차단이에요."

"아니, 너무 가혹하잖아요."

"저는 여자 친구도 톡 안 보면 차단해요."

"정말요? 무슨 사정이 있을 수도 있는 거잖아요."

"그래서 여자 친구는 여섯 시간이죠. 알아두세요 당신이 누군가를 차단해도 관심이 있다면 어떤 루트를 통해서든 다시 연락합니다. 페이스북, 인스타그램, 널린 게 그런 것들이잖아요."

아마 내일 아침 포털사이트에서 보게 될 꼴 보기 싫은 기사 제목 하나가 탄생한 것 같아.

다음은 두 번째 상담.

그녀는 스물네 살이고 현재 직장에 다니고 있어. 그리고 지금 남자 친구가 너무 좋은데 그는 자기를 그만큼 사랑하지 않는 것 같대. 그래서 하루하루가 너무 불안하대. 그래, 또 내가 나설 차례인가 봐.

"누군가를 사랑할 때 느끼는 감정은 사랑받을 때의 감정보다 훨씬 황홀한 거예요. 그런데 그 감정을 솔직히 표현하는 사람들이 괴로워하는 이유는 그걸 이용하는 사람이 있기 때문이죠. 단지 상대방이 날 더 좋아한다는 이유로 매일 상대를 고통에 매다는 거죠. 그리고 이렇게 고통받고 상처받다 보면 어느새 자신의 감정을 기만하게 되죠. 내가 그를 7정도 사랑하는데 3정도 좋아하는 척해요. 왜냐하면 그걸 그대로 티냈다가는 바로 자신은 을이 되고 사랑의 갑질이 시작되거든요."

"사랑에도 갑과 을이 존재하는군요."

좀 닥쳐줬으면.

"네, 단지 더 좋아한다는 이유로 을이 되는 거예요. 하지만 이런 식의 사랑은 기만 행위일 뿐이죠. 사랑은 있는 그대로 꾸밈없이 해야 돼요."

마치 사랑 전문가인 듯.

"앞에서도 말했듯이 사랑은 주는 게 받는 것보다 행복하거든요. 그러니까 자신을 속이면서까지 그 황홀한 시간을 놓치지 마세요. 누군가를 순수하게 사랑하는 것도 어느 순간 사라집니다. 그러니 절대 부끄러운 일이 아니에요. 어느새 내가 의무적인 결혼을 위해 의무적인 사랑을 생각하게 될 때 그 시절이 사무치게 그리울걸요?"

마치 연애 전문가인 듯.

마치 사랑에 실패한 적이 없는 것처럼.

엠시의 말.

"모든 남성·여성분들, 상대방의 순수한 사랑을 이용하지 마세요."

아, 이제 이런 개소리도 질려가.

그리고 그 개소리에 고개를 끄덕거리는 사람들도.

10월 20일
선선해진 밤공기

그녀의 계획에 의하면 오늘 성수동의 라운지 바에서 칵테일을 한잔 해야 해. 참고로 성수동이란 디테일도 그녀가 고안한 거야.

그녀가 말했지.

"신사나 청담동은 위화감이 있을 수도 있고, 이태원 홍대는 뭔가 식상하고, 성수동 정도가 딱 유니크하겠네."

내가 말했어.

"그냥 보도자료 보내서 발표하는 거 아니었어요?"

"아니, 그건 임팩트가 없잖아요. 지금 둘이 사귄다는 소문도 자자한데. 더 신선한 걸 제공해줘야죠. 사람들은 스토리텔링을 좋아하거든요. 얘깃거리가 많아져야 흥행이 잘되는 법이죠. 그리고 상상력도 적당히 자극되잖아요?"

나는 최 실장의 대본에 따라 도지은과 밤거리를 걷고 있어.

그리고 주택을 개조한 빈티지한 루프탑 바에 들러 칵테일을 한 잔 하고 그녀를 집까지 바래다줘야 하지.

오늘의 드레스코드는 블루 리넨이야.

나는 하늘색 스트라이프가 들어간 리넨 셔츠.

그녀는 하늘거리는 줄무늬 치마.

선선한 가을바람이 불고 평일 저녁의 골목길은 한적했지.

그리고 그녀가 자연스레 내 손을 잡았어.

"으 향수 냄새. 이런 여자여자한 향기가 어울린다고 생각해요? 혹시 지금까지 여자랑 붙어 있었던 건 아니죠?"

계약서에 따르면 프라이버시 침해에 해당되는데.

"뭐, 궁금해서 물어본 건 아니에요. 그래도 사랑하는 연인이 말도 없이 걷는 건 이상하잖아요? 그러니까 무슨 얘기라도 좀 하라고요. 좀 웃기도 하면서 말이에요. 어딘가에서 우릴 찍고 있을지도 모르는데."

최 실장의 계획은 그녀를 따라다니는 파파라치들에게 데이트 장면을 노출시키는 거였어. 물론 우리의 데이트는 완벽히 연출된 거고 말이야. 마치 화보를 찍을 때처럼 둘의 스타일리스트가 모여 드레스코드까지 맞춰서 나온 거라고.

우리는 둘도 없는 예쁜 커플.

"일주일 후면 우리 둘의 사진으로 세상이 떠들썩하겠죠? 이런 기분 얼마 만인지 모르겠어요. 오랜만에 주인공이 된 기분이에요."

그녀가 칵테일을 마시며 내게 말했어.

"요즘 세상에 주인공이 된 기분이 어때요?"

흰색 화관을 쓴 화장기 없는 그녀의 얼굴. 이곳은 여자 손님에게 화관을 씌워주는 것으로 유명하다고 해. 뻥 뚫린 테라스 천장에는 흰색 천이 널려 있고, 그녀의 머리엔 흰색 꽃으로 만들어진 화관이 씌어 있지. 알다시피 이건 결코 우연이 아니야. 저 화장기 없는 얼굴도 두 시간 동안 화장 안 한 것 같은 화장을 한 거라고.

그녀가 말했어.

"내가 칵테일을 들이켜면 내려온 앞머리를 귀 뒤로 넘기는 거예요."

나도 내가 여기서 왜 이러고 있는지는 모르겠어.

"할 수 있겠어요?"

그런데 그러지 않으면 딱히 할 일도 없거든.

"내키지 않는 건 알겠는데 좀 연인처럼 할 수 없는 거예요?"

그녀는 웃는 얼굴로 내게 불만을 말하는 인형.

우리는 그녀의 매너저가 운전하는 차을 타고 성수대교를 건너갔어.

그녀가 룸미러를 보며 말했지.

"저기 승합차 따라오는 거 보여요? 아 너무 티나게 따라온다.

그런데 신 씨는 왜 차가 없어요? 남자들 돈 생기면 차부터 사잖아요. 내가 하나 추천해줄까요?"

그녀는 집에 벤틀리가 있지만 소박한 아우디를 타고 다닌다고 했어.

그녀의 빌라 앞에 차가 멈추고 우리는 시간을 좀 벌어줬지.

뒤따라온 그들이 카메라 구도를 잘 잡을 수 있게 말이야.

그리고 그녀는 까치발을 하고 내 볼에 키스했어.

이런 게 대본에 있었던가?

마치 이제 연애를 시작한 풋풋한 커플처럼.

칵테일 한 잔에 빨개진 볼과 수줍어하는 그녀.

사진 제목으로는 적당하겠군.

그리고 그녀는 마치 누가 볼세라 두려운 듯 집으로 뛰어 들어갔어.

10월 22일
푸른 하늘

매니저가 말하길 스타일리스트가 이틀째 출근을 안 한대.

소식도 없고 전화도 안 되고.

최 실장이 말했어.

"좀 쓸 만해졌다 싶으면 잠수라니까. 이렇게 끈기가 없어서야 원."

내가 말했지.

"로또에 당첨이라도 됐나 보죠."

그녀의 손에는 새 나이키 운동화가 들려 있었어.

아마도 저게 오늘 드레스코드인가 봐.

최 실장이 나의 임시 스타일리스트에게 말했지.

"상의는 루스하게 쇄골이 좀 드러나게. 그리고 팬츠는 롤업해서 입혀요."

스케줄은 5시에 끝났지만 오늘도 그 짓을 하러 가야 해.

마치 시간 외 근무처럼.

그녀는 그레이 맨투맨과 네이비 생지진에 나와 같은 나이키 운
동화를 신고 있었어. 잡티 하나 없는 피부, 매트한 오렌지색 립스
틱, 자연스레 헝클어진 머리. 그 위에 눌러쓴 모자는 작은 머리를
더 돋보이게 만들었지.

그래, 아무리 가려도 그녀는 연예인.

우리는 다정히 손을 잡고 다른 한 손으론 아이스크림을 먹으며
거릴 걸었어.

장미꽃 모양의 이탈리아 젤라토.

우린 이 가로수길의 조명이 좋은 구간이 어디인지 알고 있지.

그곳에서 서로의 입에 아이스크림을 먹여주며.

우리는 근처 편집숍에 들어가 간단한 쇼핑도 했어.

그리고 쇼핑백을 사이좋게 양손에 나눠 들고 거리로 나왔지.

그녀가 말했어.

"잠깐만요. 신발 끈이 풀렸어요."

그녀는 거리에 쭈그려 앉아 나의 신발 끈을 묶어줬어.

마치 누가 사진이라도 찍어주길 기다리듯.

내가 말했지.

"이걸로 당신 이미지가 얼마나 바뀔 거라 생각해요?"

"적어도 싸가지 없다는 소리는 그만 듣길 기도해야죠. 자기 남자한테만큼은 순종적인 여자 이미지도 나쁘지 않잖아요? 진정성 있는 사랑을 하는 이미지도 덤으로 얻을 수 있으면 좋고요."

그녀가 내게 팔짱을 꼈어.

"사진 하나로 할 수 있는 일이 많죠?"

그녀의 만점짜리 미소.

"그러니까 웃어봐요. 당신도 이제 익숙해져야죠."

연기자라는 직업도 그냥 하는 건 아닌 것 같아.

이제 내가 그녀를 데려다줘야 하는 시간이야. 그녀가 나의 노란색 차문을 열며 말했지.

"세상에, 차를 이틀 만에 산 거예요?

"원래 기다리는 거 질색이라."

"역시 인생은 한 방이라니까요. 메르세데스 벤츠를 한 방에 현금으로 사고 말이에요. 안 그래요?"

나도 이 차에 도지은을 처음 태울지는 몰랐는데.

아쉽게도 쇼핑한 걸 놓을 뒷자리가 없지만.

나는 다시 그녀의 멋진 빌라 앞에 차를 세웠어.

우린 노란 스포츠카의 시끄러운 배기음을 배경으로 짧은 포옹을 할 거야.

이 각도면 적절할까?

이제 나도 모르게 그런 걸 생각하게 돼.

"이거 뭔가 스릴 있지 않아요?"

그녀가 내 품에 안겨 말했어.

"뭐, 시간 보내기에는 괜찮은 거 같기도."

스케줄을 끝내고 집에 돌아가도 집은 더 이상 달콤한 곳이 아니야. 요즘은 아무리 피곤해도 잠이 오질 않거든.

"오늘은 집으로 들어오는 게 어때요?"

"이미지에 손상이라도 가면 어쩌려고요."

"아, 물론 자고 가는 건 안 돼요. 그냥 한두 시간 정도만. 사람들이 이런저런 상상의 나래를 펼칠 수 있게 말이에요."

도지은의 빌라로 들어가는 우주인.

기사 제목으로 적절한가?

그녀는 나보다 더 관심에 굶주려 있는 것 같아. 그게 연예인의 숙명이라 했던가. 구설수야말로 인기의 척도.

나는 마당이라 부르기엔 호화로운 곳을 지나서 은은한 조명이 길을 밝혀주는 돌계단을 걸어 올라갔지. 그리고 그녀의 집으로 들어갔어.

스페인식 타일이 깔린 현관과 매끈한 대리석이 깔린 복도.

그 위를 흰색 베르사체 슬리퍼가 삑삑거리며 걷고 있지.

영화관 같은 거실.

예술작품을 전시한 듯한 의자와 소파. 테이블과 러그.

누가 봐도 비싸 보이는 조명들, 샹들리에.

"그럼 두 시간 동안 우리는 뭘 해야 할까요?"

그녀가 리모컨으로 커튼을 열었어.

그리고 내 목에 팔을 두르고 얼굴을 묻었지.

"남자 친구 있다고 들었는데요."

"순진하기는."

그녀가 다시 내게 말했어.

"저 사람들이 어떻게 특종을 터뜨리는지 알아요? 저 언론사가 열애설을 터뜨리면 어떤 톱스타도 순순히 인정하잖아요. 그저 평범하게 밥 먹고 거리를 걸었다는 사진으로 말이에요. 그걸로 본인과 회사가 몇 백 억을 손해 볼지 모르는데 말이죠."

글쎄, 별로 궁금하지 않은데.

"왜냐하면 그것보다 훨씬 수위 높은 사진들이 찍혔기 때문이에요. 집에서, 차 안에서 키스하고 만지고 뭐 그런 사진이 찍혔는데 사귀지 않는다고 하는 것도 웃기잖아요? 그래서 사전에 합의를 보는 거죠. 그런 사진을 빼는 조건으로 기사 송출을 허락하고 열애를 인정하는 거예요. 자기들이 고른 사진만 송출해야 된다는 계약을 하는 거죠."

흥미롭다고 대답해야 하나?

"신 씨는 나에 대해 궁금한 거 없어요?"

"여자 연예인 집에 왔는데 침실이라든지 옷방 같은 거 안 궁금해요? 자 구경해요. 톱스타의 옷방이에요. 당연히 지구 환경을 위한 에코백 같은 건 없어요."

눈앞에 마치 백화점 매장 같은 곳이 보였어. 백화점처럼 디스플레이 된 핸드백, 시계와 벨트 들, 선글라스와 갖가지 액세서리 들.

"이 코트 어때요? 어제 산 발망 신상인데."

옷장 한편에는 모피코트와 풍성한 털을 자랑하는 라쿤 재킷들이 보였지.

난 SNS에서 지구 환경 보호와 모피 반대를 외치던 그녀가 떠올랐어.

파키스탄에서 열심히 구호 활동을 하는 그녀의 모습.

2천 원짜리 에코백을 들고 있는 그녀의 모습.

환경 보호를 위해 텀블러와 개인 수저을 가지고 다니는 그녀의 모습.

"아 맞다. 우리 서로 팔로한 걸로도 사귄다는 소문이 돌던데. 내가 뭐랬어요. 모든 일에는 암시가 있어야 한다고 했죠? 그리고 너무 뻣뻣하게 굴지 말아요. TV에서는 그렇게 유쾌하고 농담도 잘하면서. 당신은 이제 모든 여자들의 우상이잖아요. 내가 그걸 뺏어서 슬프겠지만."

그녀가 내게 돌아서며 말했어.

"날 너무 미워하지 말아요. 이제 당신도 나 못지않은 꼭두각시잖아요"

10월 24일
강한 자외선

그녀가 한 말이 자꾸 머릿속에 맴돌았어.

꼭두각시 같은 인생.

이제 나는 뭐 하나도 흘려들을 수 없지.

막 뇌 활동이 활발해진 사춘기 소년처럼 말이야.

예민함 그 자체.

모든 것이 마치 새벽 내내 쌓인 눈길에 새 발자국을 남기는 느낌이야.

예전엔 뭘 하나 지워야 다시 새로운 걸 하나 입력할 수 있었는데.

우주에서의 전기충격이 생각보다 머리를 좋게 만든 것 같아.

어떤 상황이 닥쳐도 말이 술술 나오지.

이제는 나조차 놀란다니까.

TV쇼에서도 말문이 막히는 법이 없어.

통찰력을 뛰어넘는 예지력도 생긴 것 같고 말이야. 나의 스타일리스트가 영영 안 돌아오는 것만 봐도 알 수 있지.

오늘 오전에는 기획회의가 있었어. 나라는 상품이 더 잘 팔리게 하기 위한 회의지. 내가 돈을 벌어다 주는 것만큼 날 관리해주는 사람도 늘어가는 것 같아.

그들의 회의 방식은 굉장히 새로웠지. 같은 테이블에 나라는 실존 인물이 앉아 있는데 모두 나에 대해서 3인칭으로 말한다니까. 앞에 있는 나와 화면에 떠워진 나는 다른 사람인가 봐.

회의 결과 말조심을 해야 한다는 의견이 압도적으로 많이 나왔어. 아마 평범한 연예인이었다면 벌써 문제가 됐을 거라나? 인터넷 기사 댓글에서도 안티가 생기기 시작했대. 우호적인 댓글에 비하면 아직 소수지만 말이야. 그들이 말했어.

"민심은 손바닥 뒤집히듯 바뀌는 거예요."

하드웨어적으로는 얼굴에 지방 재배치를 하면 좋을 거라는 의견이 나왔어. 급격한 다이어트와 단백질 위주의 식단은 얼굴을 늙게 만든다나.

이어지는 스케줄은 광고주와의 미팅이었지.

글로벌 뷰티기업의 남성용 헤어제품.

그런데 스타 중의 스타가 되면 광고 콘셉트도 마음대로 할 수 있나 봐. 조금이라도 우스꽝스러운 건 최 실장 선에서 전부 거절 됐지. 결국 그냥 내가 화보처럼 멋있게 나오는 콘셉트가 채택됐 어. 왜냐하면 이제 나는 무려 브랜드 파워 2위거든.

30초 내내 타이트하게 잡히는 내 얼굴.

웃을 때 들어가는 보조개가 광고 콘셉트의 전부야.

회의를 마치고는 TV 프로그램 녹화를 하러 갔어.

차 안에서 오늘은 또 어떤 개소리를 해볼까 생각했지.

방송국, 분장실, 세트장, 날 둘러싼 카메라. 눈부신 조명.

이제 내 집처럼 익숙해.

성형 중독에 걸렸다는 이십대 여자가 내게 말했어.

그래, 외모지상주의에 일침을 가할 타이밍인가?

"외면이 중요한가요? 사람은 내면을 봐야죠."

다른 게스트가 말했지.

"그래도 기왕이면 예쁜 게 좋잖아요?"

"당연히 예쁜 건 좋죠. 하지만 제가 말하는 예쁜 건 오똑한 코, 동그란 이마, 커다란 눈, 그래요 저분처럼 눈이 하도 커서 표정이 라고는 놀란 표정 하나밖에 없는 그런 얼굴을 말하는 게 아니에 요. 사람의 외면은 내면에 의해 지배된다고요. 생각은 말투로 나 오고 지적인 면은 선택한 단어들로 나오죠. 외면이란 내면의 표 출이에요. 이목구비는 타고난다 해도 우리가 누군가를 만날 때는 단순한 외면보다 그 사람을 둘러싼 분위기가 더 어필이 되는 법이죠. 지금도 내면은 외면에 반영되고 있어요. 이 머리카락을 뽑으면 어제 내가 어떤 음식을 먹었는지 다 나온다니까요."

내 머리카락을 뽑으면 보톡스 몇 밀리가 나올까?

인지부조화 그 자체.

다음은 자신의 불투명한 미래가 걱정인 대학생이 말했지.

그는 남들보다 뒤처질까 조바심이 나나 봐.

"즉흥적으로 사세요. 미래를 설계할 필요는 있지만 미래의 노예가 돼서는 안 되죠."

이게 무슨 말장난인지 모르겠어.

"그리고 만약 미래의 리더가 있다면 이런 프로그램에 나와 인생 상담 따위 안 받고 있을 거예요."

엠시의 표정이 살짝 굳어졌어.

그래, 피디는 어떤 편집을 할까.

"남보다 앞서가는 사람들은 주체적이에요. 그런 사람들은 남의 말은 듣지 않죠. 그런 사람들이 뭐 주체적인 삶을 사는 50가지 방법 이런 거 볼 거 같아요? 그런 사람들은 자기계발서 같은 거 안 봐요. 본다면 소설이나 고전을 읽겠죠. 왜? 자기계발서로는 상상력이나 통찰력을 기를 수 없으니까. 100억 모으는 법, 재테크하는 법, 그런 건 이미 수십만 명이 읽은 건데 그걸 읽고 어떻게 부자가 되고 리더가 돼요? 부자 되는 법은 아무도 안 알려줘요. 왜냐하면 한 명이 부자가 되려면 100만 명의 우매한 대중이 필요하

거든요. 그리고 그런 사람들은 아마 이런 쓰레기 같은 프로그램
에 나와 고민 상담 안 할걸요?"

10월 25일
건조주의보

아침 8시.

드디어 나의 열애설이 모든 포털사이트의 메인을 장식했어.

손을 잡고 거릴 걷는 도지은과 나.

도지은의 머릴 넘겨주는 나.

내 신발 끈을 묶어주는 도지은.

꽤나 헌신적인 앵글이야.

마지막은 달콤한 포옹 장면이 장식했어.

그녀의 행복해 보이는 미소.

그녀가 선택한 사랑으로 가득 찬 눈빛과 표정.

지금 이 시각 세상의 모든 관심은 나와 도지은이 차지한 것 같아.

그녀가 걸친 옷, 눌러쓴 모자, 오렌지색 립스틱, 우리가 다녀간 바. 우리가 신은 커플 운동화, 우리가 탔던 노란색 스포츠카, 그 차의 가격까지 말이야. 다른 곳에서는 도지은의 화장기 없는 얼굴이 화제야. 그녀의 성형 여부도 화제고. 이어지는 그녀의 눈, 코, 입, 턱, 가슴, 신체 부위별로 진행되는 품평회. 역시 우리가 사는 곳은 아름답지 않아?

"반응이 생각한 거 이상이에요."

최 실장한테서 전화가 왔어.

"말했죠? 둘은 최고의 조합이라고. 지은이가 신 씨 손등에 뽀뽀하는 사진 반응 봤어요? 로맨틱하다고 난리가 났어요. 거봐요, 내가 시키는 대로 하면 된다니까요. 아무튼 간단하게 결과를 브리핑하자면 7 대 3 정도로 신 씨가 아깝다는 여론이에요. 그리고 신씨도 결국 예쁜 여자 좋아한다는 여론도 있으니 조심해요. 뭐, 우리가 내보낼 보도자료에 잘 설명해놨으니까 그 가이드라인을 참고하면 되고요, 자세한 건 이따 헤어숍에서 만나 얘기하죠."

차에서 내리자 헤어숍 앞에는 이미 수십 명의 기자들과 리포터들이 진을 치고 있었어. 그리고 친히 최 실장이 나와 기자들의 질문에 대응했지.

11시가 되자 양측 소속사에서 동시에 열애 인정 보도자료를 냈어. 기사에 따르면 우리는 영화 시사회에서 처음 만났고 여러 가지 일로 상처가 많았던 그녀를 내가 사랑으로 감싸줬대. 그래, 오늘은 그 어떤 날보다 역겨운 하루야.

10월 28일
구름 한 점 없음

구름 한 점 없이 높고 파란 하늘.

날씨와 상관없이 나의 아침은 우중충해.

왜냐하면 오늘은 정말 지구에 있기 싫은 날이었거든.

나는 늦은 오전 거리로 나왔어.

내 모습이 쓸쓸해 보인다고?

물론 자막은 그렇게 나가겠지. 하지만 나를 찍는 카메라맨만 세 명이야. 그리고 작가와 스태프까지 하면 열 명도 더 되는 사람들이 나를 둘러싸고 있지. 그래도 난 쓸쓸하게 거릴 걸어야 해. 나의 분신과도 같은 뭉치와 함께 말이야.

이제는 길 가던 아줌마들도 날 알아봐.

카메라가 따라다녀선가?

스튜디오 안의 패널들은 내게 이렇게 묻겠지.

날씨가 이렇게 좋은데 우산은 왜 들고 나온 거예요?

그럼 나는 이렇게 말할 거야.

"그냥 그런 느낌 있잖아요. 누가 뭐래도 내 말이 맞을 것 같은 날."

그럼 엠시나 패널이 말하겠지.

"지금 일주일 내내 건조주의보라고요. 다음 주까지 비 한 방울 안 내린다는 예보 못 들었어요?"

그건 아직 진보하지 못한 지구인들 생각이고.

나는 쏟아지는 햇빛을 피해 카페테리아에 앉았어.

나를 따라 뭉치도 옆에 앉았지.

뭉치가 허리를 세우고 바닥에 앉으면 나와 눈높이가 딱 맞아. 사람들이 이 구도에 열광한다고 피디가 말해줬지. 열애 발표 후 첫 촬영에 피디는 입이 귀에 걸린 것 같았어. 덕분에 이번 주 시청률이 또 상승할 테니까.

얼음 가득한 아메리카노가 놓이고 난 어김없이 준비한 굵은 설탕을 털어 넣었지. 마치 귓속에서 스튜디오 패널들의 말소리가 들리는 것 같았어. 3회 방송 때 화제가 된 내가 커피 마시는 방법.

"아니 저걸 밖에까지 가지고 나갔어요?"

못 말린다니까.

나는 굵은 설탕이 깔린 차가운 아메리카노를 힘껏 빨아들였지.

아무리 그래도 정말 보기 드물게 화창한 날씨야.

난 설탕을 씹어 먹으며 생각했지.

정말 더럽게 좋은 날씨군.

그 순간 한 방의 깨끗한 천둥과 함께 비가 쏟아지기 시작했어.

기상청의 슈퍼컴퓨터로도 예상하지 못한 커다란 구름이 몰려와 비가 내리기 시작한 거야. 빌어먹을 지붕이 열린 멋진 웨딩카를 타고 공항으로 향하는 커플을 망쳐놓을 만큼 멋지고 끝내주는 폭우였어.

10월 31일
비 오는 할로윈

열애 발표 후 나의 안티는 두 배로 늘어났다고 해.

최근에는 토크쇼 발언을 두고 여성 커뮤니티에서 문제를 삼았다는군.

간만에 들리는 좋은 소식이야.

도지은은 다시 TV에 나오기 시작했어.

드라마 섭외도 빗발친다는 소식이야.

그녀에게서 매일 밤 문자가 와.

최 실장은 말했지.

"다 예상한 거예요. 관심의 크기가 커진 만큼 따라오는 것들이죠. 지금부터가 중요해요. 그러니까 제발 말 좀 가려서 하라고요. 안티들 늘어나는 소리 안 들려요? 대중들은 단어 선택 하나하나에 민감하다고요. 그리고 요즘 피티도 안 나가고 피부 관리에도 소홀하다면서요? 바쁘다는 건 핑계가 안 돼요. 그래도 경락은 꾸준히 받았어야죠. 그 얼굴과 몸은 이제 더 이상 본인 게 아니에요. 좀 프로다워질 수 없어요?"

그녀의 요청에 따라 매니저가 나를 피트니스클럽에 쑤셔 박았어.

"여기 체지방 늘어난 거 보이죠?"

BMI 결과를 들고 내게 오는 캥거루.

"다음 주에 해외 촬영 있다면서요? 해변에서 멋지게 옷을 벗어야 하잖아요? 그때 딱 선명한 복근이 보여야죠. 뭐, 운동이 지겨우면 다른 방법도 있어요. 잘 생각해봐요. 스테로이드 말이에요. 그거 한 방이면 그냥 숨만 쉬어도 근육이 생기거든요."

"그거 최 실장이 시켰어요?"

"약물이라고 해서 그렇게 거부감 가질 필요 없어요. 솔직히 말해 알게 모르게 다들 하거든요."

그래도 불알이 쪼그라들기는 싫은데.

피트니스클럽에서 나오자 매니저는 날 헤어숍에 데려다 놨어.

그래, 그는 좋은 사람이지만 내 의견은 들어주지 않는 게 문제지.

"오늘은 5 대 5 가르마로 스위트하게 컬을 좀 만들 거예요."

난 거울에 비친 내 모습이 마음에 들지 않아.

"그 전에 영양 케어도 들어갈 거니까 준비해줘요."

열애 기사가 나간 이후 잡지 화보 촬영이 배로 늘어났어.

파파라치에게 찍힌 나의 평소 스타일이 어필이 됐다나?

그녀 덕분에 이제는 패션쇼에도 얼굴을 비쳐야 하지.

빌어먹을 명품 브랜드 런칭 행사에도 얼굴을 비쳐야 하고.

그러기 위해 내가 뭘 하냐고?

그러기 위해 난 매일 누워서 경락 마사지사에게 얼굴을 두들겨 맞고 있지. 그리고 2주간 닭가슴살과 고구마, 브로콜리, 토마토만 먹는 식단표가 주어졌어.

"포토월에 서면 사방에서 터지는 플래시에 웬만한 연예인도 버티기 힘들어요. 플래시가 사방에서 터지면 얼굴의 숨은 부분까지 다 비추거든요. 그러니까 지금 그 얼굴 반으로 줄여 와요."

11월 2일
떨어지는 낙엽

오늘도 촬영은 새벽까지 이어졌어.

세 시간 이상 자본 게 언제였더라?

어제도 매니저가 날 집에 던져놓고 간 것 같은데.

난 소파에서 일어나 화장실로 들어갔어.

리얼 프로그램용 집인 걸 보니 아마 오늘 또 촬영이 있나 봐.

강한 조명에 말라비틀어진 왁스와 스프레이로 떡 진 머리.

저염식 덕분에 언제 일어나도 얼굴이 부을 일은 없어.

난 얼굴에 면도젤을 바르고 면도를 하기 시작했지.

이러면 나의 날카로운 턱선이 부각될까?

화장실 안에 설치된 카메라를 의식하면서 말이야.

나는 작가가 해준 말이 떠올랐어.

놀지 말고 방송 분량을 만들라는 그녀의 말.

그래서 난 가위를 가져와 머리를 자르기 시작했지.

여기저기 듬성듬성 잘려 나가는 머리카락.

어느새 흰색 타일 바닥에 머리카락이 수북해졌지.

매주 정성스레 영양과 각종 케어를 받았는데.

저 10센티가량 되는 머리카락에 얼마의 돈이 들어갔을까.

점점 못생겨져가는 내 모습이 거울 속에 보였어.

나는 바리캉을 사 와 나머지 머리도 깨끗하게 밀어버렸지.

3밀리 반삭으로 말이야.

그래, 이제야 내 모습에 조금 가까워졌군.

스튜디오에서 왜 머릴 밀었느냐고 물으면 뭐라 답하지?

그런데 내 머리를 내가 미는데 이유가 있어야 하나?

오후가 되자 매니저가 개를 데리고 집으로 출근했어.

그의 표정은 어떻게 된 거예요? 라고 묻고 있었지.

어떻게 된 거냐면 이제 매일 아침 6시에 헤어숍에 출근할 일이 없어졌다는 거야. 그는 그 말을 하는 대신 이 소식을 누군가에게 보고했지.

그러든 말든.

이어서 관찰 리얼리티 프로그램의 스태프들이 집으로 출근했어.

작가가 수북이 쌓인 머리카락을 보고 말했지.

"이거 카메라에 다 담겼나요?"

물론이지. 이제 나는 프로니까.

그들에게 나는 매회 일을 벌이는 최고의 출연자야.

오늘 대본에 의하면 애견 미용숍에 가서 뭉치의 털을 정리해야
해. 이 커다란 솜뭉치 두 개를 다듬어 더 동그랗게 만드는 거지.
다리도 더 둥글게 꼬리도 더 둥글게. 상상만 해도 정말 귀여울 것
같지 않아?

애견 미용사가 내게 말했어.

"곰돌이컷, 브로콜리컷, 그리고 방울컷이 있어요. 어떤 걸로 하
시겠어요?"

그래, 어떤 게 좋을까? 전부 다 동그랗고 귀여워 보이는데.

난 그녀에게 말했지.

"그냥 전부 다 밀어주세요."

그녀는 약간 당황한 표정이었어. 이어 작은 목소리로 내게 말
했지.

"털을 다 밀면 흉할 수 있어요. 푸들은 더 그렇고요."

"흉하다니 말씀이 지나치시군요."

똑똑한 뭉치는 연신 울려대는 기계 소리에도 얌전히 앉아 있
었어.

다만 풍성한 털이 예상보다 많이 사라질 때마다 작가의 얼굴이
굳어갔지.

드디어 풍성한 털을 모두 잃은 뭉치가 내 앞에 나타났어.

귀여운 솜뭉치 두 개는 사라지고 입만 튀어 나온 볼품없는 개가 말이야.

몸통은 마치 생닭 같기도 하고.

11월 3일
비에 젖은 낙엽

누가 마음대로 머리를 자르라고 했죠?

"계약서에 그런 내용이 있었나요?"

"아이돌처럼 그런 조항을 넣을 걸 그랬나 봐요."

"서른 살이 넘어서 머리 하나 마음대로 못 하다니 믿을 수 없네요. 난 고등학생 때도 마음대로 했는데."

"당신이 적어도 상식이 있는 사람이면 화장품 광고와 헤어왁스 광고가 들어와 있는데 그런 짓은 안 하겠죠."

"대신 면도기 광고가 들어올 거예요."

그녀는 할 말을 찾지 못했어. 회사가 그린 그림대로 안 돼도 나는 여전히 승승장구하거든. 하지만 앞으로도 그럴지는 모르겠어.

생닭처럼 앙상해진 뭉치가 방송을 타자 사람들은 나름의 해석을 내놨어. 마치 내 행동에서 뭔가 의미를 찾으려고 애쓰는 것 같았지.

그들은 볼품없어진 뭉치가 여전히 귀엽고 사랑스럽다고 했어. 왜냐하면 그래야 자신은 외모지상주의에 반대하는 개념 있는 사람이 되거든. 그리고 그들은 그저 보이는 대로 말하는 사람들을 야만인 취급했지. 중요한 건 이런 우호적인 반응과 다르게 뭉치와 관련된 광고가 끊겼다는 거야.

오늘 나는 자동차를 다루는 프로그램에 나와 있어.

파파라치 사진으로 나의 노란색 스포츠카가 공개된 덕분이지.

그들이 나를 요즘 가장 뜨거운 인물이라고 소개했어.

하지만 열애에 관한 직접적인 질문은 하지 못하지.

왜냐하면 사전에 회사에서 못하게 했거든.

사회자가 내게 물었어.

"멋진 차를 타고 다니시던데요?"

"뭐, 다 알다시피요."

관객 웃음.

"그래요. 그 유명한 사진 속에 찍힌 노란색 벤츠 GTS 말이에요. 그거 산 이유가 뭐예요?"

"보시는 대로 디자인이 멋지잖아요."

"그 차 가격에 비해 출력이 별로라는 거 알고 있어요?"

"사실 전 그런 거 잘 몰라요. 코너링이 별로다, 브레이크가 별로다, 또 뭐가 있죠? 파워 트레인이 별로다. 그런 건 차 한 대밖에 살 수 없는 사람들이나 하는 소리죠. 저는 그냥 지나가다 전시된 차가 예뻐 보이길래 산 거예요. 뭐, 타다가 질리면 다른 거 사면 되죠."

건방짐 그 자체.

그들이 했던 말이 떠올라.

민심은 손바닥 뒤집히듯 바뀌는 거예요.

11월 7일
제법 쌀쌀해짐

공든 탑은 한순간에 무너지는 법.

나의 비호감 지수는 나날이 높아져가는 중이야.

최 실장은 머릴 쥐어뜯고 있는 중이고.

매니저는 내 일거수일투족을 보고하기에 바쁘지.

"삐딱하게 굴지 말아요. 오래 가지 않을 거라는 건 나도 알고
있어요. 이제 평생 벌 돈 다 벌었다 그건가요? 눈을 높여봐요. 아
직 충분히 더 많은 돈을 벌 수 있다고요. 물론 자신을 가장하고 기
만하는 짓은 하기 싫겠죠. 하지만 그 대가로 일반인들은 상상도
못 할 돈을 벌잖아요?"

녹화된 방송들이 하나둘 방송을 탈 때마다 나의 주가는 바닥을
치고 있지.

"내가 볼 때 신 씨는 아직도 가능성이 충분해요. 관심이 없으면 비난조차 받을 수 없죠. 기억해주세요. 돈은 많으면 많을수록 좋다는 거. 겨우 이 정도로 만족할 거예요?"

이건 아직 내게 빨아먹을 게 남았다는 소리로 들려.

하지만 상황은 전혀 만만해 보이지 않지.

─광고만 찍어대고 연예인 노릇 하고 있잖아.

─자기가 도전의 아이콘인 양 멘토인 양 구는 거 역겨워.

─우주 체험 하고 온 거지 진짜 우주인도 아니잖아?

─사실 처음 나왔을 때부터 마음에 안 들었어.

─거봐, 역시 끼리끼리 사귀는 거라니까.

그래, 이제야 우리는 어울리는 커플 같아.

비아냥거림.

난 그냥 우주 이벤트에 초대된 인간일 뿐.

마치 내가 직접 쓴 악플인 것처럼 마음에 들어.

이 와중에도 난 TV에 나와 이런 소릴 지껄이고 있지.

"인생은 즉흥입니다. 자신에게 씌운 보호막을 제거하세요."

최 실장이 말하길 내가 연예인 이미지가 너무 강해져 다시 지적이고 학구적인 이미지가 필요하대. 나는 한낱 연예인들과는 다르다는 사실을 사람들이 잊어버렸다나?

11월 10일
붉게 물든 단풍

그녀의 계획에 따라 나는 교양 프로그램에 나와 있어.

연예인 하나 없는 공영방송의 과학 교양 프로그램이지.

시청률은 안 나오지만 어차피 요즘은 방송을 TV로 안 본다나?

그녀는 여기 나와서 입만 잘 털면 된다고 했어. 사람들이 관심 가질 만한 우주의 신비나 미스터리 같은 걸로 말이야. 그러면 회사의 SNS 전략팀이 내가 나온 영상을 편집해서 인터넷에 뿌린다는군. 요즘엔 다들 그렇게 한대. 페이스북의 몇 백만 뷰가 높은 시청률보다 파급력이 크다나?

"관측 가능한 우주의 지름만 900억 광년이에요."

내가 입을 열었지.

"그 안에 1천억 개가 넘는 은하가 있고 그 은하마다 각각 1천억 개에서 1조 개에 이르는 별을 가지고 있죠. 아마도 인간이 거주 가능한 수십조 개의 행성이 우주에 존재할 거예요."

아나운서: 수십조 개요? 우린 아직 생명체가 존재하는 단 하나의 행성도 발견하지 못했잖아요.

"맞아요. 거주 가능한 수십조 개의 행성이 있다면 외계 생명체도 분명히 존재한다는 걸 의미하는데 말이죠. 그럼 그건 대체 어디에 있을까요? 거리를 좁혀서 우리가 있는 은하계에만 해도 4천억 개의 별이 있어요. 그 속에는 200억 개의 태양과 비슷한 모항성이 존재하죠. 그리고 그들의 20퍼센트 정도가 지구와 비슷한 크기의 행성을 가지고 있어요. 생명체가 살기에 아주 적합한 곳이죠. 만약 그중에 0.1퍼센트만이 생명체를 가질 수 있다고 해도 은하계 안에만 400만 개의 지구가 존재하는 거예요. 그런데 대체 그곳은 어디에 있죠? 그리고 그곳에 존재해야 할 수많은 외계인과 외계 생명체는 어디에 있는 거죠?"

아나운서: 글쎄요. 은하계 안에 400만 개의 지구가 있다면 아마 우주는 우주선으로 교통체증이 일어나도 이상하지 않을 텐데요."

"맞아요. 그런데 우리가 보는 우주는 늘 시커먼 암흑이죠. 우리가 어떤 신호를 보내도 아무도 대답하지 않아요. 과연 우리만이 이 우주에서 유일한 문명을 가진 생명체일까요? 바로 이런 의문에 가설을 세운 게 페르미 패러독스예요. 그 페르미 패러독스의 첫 번째 가설은 말 그대로 외계 생명체 불가능설이죠. 두 번째 가설은 그들은 지구와 비교도 할 수 없는 거대 문명을 이룩했지만 그 문명으로 인해 자멸했다는 거예요. 마지막 가설은 그들은 우리 인류를 찾아냈지만 우리에게 자신들의 존재를 알리고 싶어하지 않는다는 거죠. 저는 이 중에 세 번째 가설을 믿어요. 그리고 아마도 그들은 두 번째 가설의 문명을 가졌을 거고요. 왜냐하면 그들의 존재를 우리에게 들키지 않는 것 자체가 대단한 미래기술을 가진 문명이라는 의미거든요."

아나운서: 그러니까 이 우주에 외계인은 분명히 존재하지만 우리에게 보여지고 싶어하지 않는다는 거군요.

"바로 그거예요. 외계인은 존재하지만 그 실체는 볼 수 없죠."

아나운서: 그걸 확신하는 이유가 있나요?

"제가 ISS에 도킹했을 때와 ISS에서의 생활을 지구에서 보셨나요?"

아나운서: 물론이죠. 내내 화제였잖아요. 거기서 일어난 모든 것들이요.

"그게 전부 조작된 거라면요? 그리고 실제로 저는 ISS에 도킹된 순간 외계인을 따라가 지구와 똑같은 환경을 지닌 곳에서 생활했다면요? 무중력, 무산소에 물 한 방울 없는 우주가 아니라 지구 그 자체인 곳 말이에요."

아나운서: 지금 발언도 가설인가요? 아니면 사실인가요?

"일단 그냥 상상해보세요. 그들은 자신들의 모습을 보이고 싶어하지 않는다는 게 페르미 패러독스의 가설이죠. 그럼 자꾸 우주를 탐험하기 위해 지구 밖으로 나오는 인간들에게 어떻게 하겠어요?"

아나운서: 아마도 이 우주에는 아무것도 없다고 가장하겠죠.

"바로 그거예요. 사실 전 우주에 가서 지구와 똑같은 곳을 걸어다녔어요. 그게 그들이 실제 사는 곳인지는 몰라요. 아마 그들은 지구의 환경과 생태계를 그대로 재현해 어떤 행성에다 지구와 똑같은 세트장을 만들었을지도 모르죠. 저는 그곳에서 외계인을 만났지만 놀랍게도 그들은 인간의 모습과 똑같았죠. 정확히 말해 그들은 인간의 모습과 똑같이 가장할 수 있었어요. 자신들의 실체를 보여주지 않으려고요."

아나운서: 그러니까 지금 말씀하시는 게 실제로 우주에서 겪은 일인가요? 아니면 가설인가요? 물론 일반인이 이런 얘기를 하면 농담처럼 들리겠지만 김신 씨는 실제로 우주에 다녀온 분이잖아요.

"물론 전부 세 번째 가설을 적용해 말한 거예요. 하지만 모르죠. 제가 그러한 일을 겪었다 해도 그들은 그들의 문명을 들키지 않기 위해 조치를 취하지 않았을까요? 아마 제가 그런 일을 경험했다 해도 제 머릿속에서 그 기억을 없애버렸겠죠."

아나운서: 흥미로운 얘기네요. 여태껏 들은 뜬구름 잡는 얘기

들하곤 달라요. 그들이 존재한다면 인간의 기억도 마음대로 조작할 수 있는 문명이라는 거군요."

"단지 기억을 조작하는 문제가 아니에요. 특정 기억을 없애거나 기억의 특정 구간을 조작할 수 있다는 건 기본적으로 뇌를 해독할 수 있다는 뜻이죠. 아마 그들은 인간의 뇌를 마음대로 지배하고 컨트롤할 수 있을 거예요. 흔히 말하는 외계인의 초능력도 뇌의 특정 기능을 확장시키는 거니까요."

아나운서: 마치 히어로 영화가 생각나네요. 우주에 다녀와 초능력이 생긴 슈퍼 영웅 같은 거요.

"그것도 충분히 가능한 일이에요. 아직 인간의 문명으로는 죽은 뇌세포 하나 살리는 것도 불가능하지만 말이에요. 사실 우리가 알고 있는 서번트 증후군도 좌뇌의 이상 발달이죠. 하지만 인류는 그 부분이 왜 발달하는지 어떻게 발달됐는지 몰라요. 이를테면 그들은 그런 걸 자유자재로 할 수 있는 거예요."

아나운서: 서번트 증후군이란 게 전화번호부 한 권을 몇 초 만에 암기해버린다든가, 한번 본 도시의 풍경을 나뭇잎 하나까지 그대로 그릴 수 있다든가 하는 그런 능력이죠?"

"맞아요. 하지만 그들은 태어날 때부터 지능과 사회성이 떨어지죠. 인류의 의학으로는 이조차 설명할 수 없고요. 예를 들면 외계인은 뇌의 어떤 부분에 전기 자극을 주면 기억력이 상상할 수 없을 정도로 뛰어나지는지, 혹은 운동능력을 극대화시킬 수 있는

지 알고 있어요. 아마 그들은 존재하는 모든 지식을 가진 뇌를 만들어놓고 공유할 거고요. 지구상에 존재하는 모든 언어도 몇 초 만에 뇌로 전송해 구사할 수 있을 거예요."

아나운서: 단순히 초능력이라고 하기엔 대단한 문명이네요. 혹시 우주에 다녀온 후 당신도 그런 능력이 생기진 않았나요?

"솔직히 말하면 그래요."

아나운서: 하하, 역시 그렇군요. 대체 어떤 거죠?

"그들이 저한테 약간의 전기 자극을 줬는데 그걸로 우연히 뇌의 전체적인 기능이 좋아졌죠. 예를 들면 통찰력이요. 사물이나 현상을 꿰뚫어 보는 통찰력이 한계를 넘어서면 예지력이 되죠. 번쩍하고 보이는 데자뷰를 따라가면 미래가 보이는 그런 능력 말이에요."

아나운서: 미래를 보는 능력이요? 하하, 재밌는 얘기군요. 미래 예지력이라. 마치 〈어벤져스〉의 새로운 캐릭터 같아요.

11월 18일
토요일 1

내가 말한 세 번째 가설은 화제가 됐어

하지만 등 돌린 민심은 여전히 회복하지 못하고 있지.

초능력은 너무 뜬구름 잡는 소리 같았나?

하지만 완전히 거짓말은 아니었다고.

나에 대한 여론이 걷잡을 수 없이 악화되자 회사는 날 버린 자식 취급했어. 그런데 웬일인지 도지은의 전화는 끊이질 않았지. 이런 걸 동질감이라고 부르던가?

그녀는 날 위로해주고 싶은 것 같았어. 하지만 난 그런 건 필요하지 않다고. 그녀가 말하길 조만간 자기네 회사에서 결별 기사를 낼 거래. 그래, 이제 난 쓸모없어졌으니까 말이야.

그녀가 말했지.

"그래도 우리 계속 연락했으면 해요."

제정신이야?

여기 내 기사들을 보라고.

90퍼센트가 비난과 저주로 점철되어 있지.

어제 방송이 나간 후로 비아냥거림은 더 늘어났어.

—어디 그 초능력을 발휘해봐.

—예지력으로 이런 악플들이 달리는 건 예상 못 했나?

—사기꾼.

—허언증 환자.

이런 관심은 언제쯤 식을까?

모두의 기억 저편으로 나라는 존재가 사라지길 기도하며.

토요일 밤, 나는 그들에게 마지막 이벤트를 열어주기로 했어.

난 나의 인스타그램 라이브를 켰지.

이런, 아직도 나는 핫한 것 같아.

방송을 켠 지 10초 만에 시청자가 400명이 넘어섰어.

화면에 흩어지는 하트 물결이 아름답군.

그리고 수백 개의 비아냥거림도.

수천 개의 욕설과 혐오 발언도.

8시 반. 드디어 시간이 된 것 같아.

복권 판매가 마감되고 남은 15분 동안 나는 이번 주 차 로또번호 여섯 자리를 차례로 읊어줄 거야.

단 20초간의 짧은 게릴라 영상.

나의 미래 예지 능력이 거짓말인지 한번 보라고.

"토요일 밤은 잘 보내고 계신가요? 15분 뒤에 확인하세요. 2 12 24 33 37 55."

그리고 15분 뒤 세상은 발칵 뒤집혔지.

나는 천하의 허언증 환자에서 예수가 됐어.

뭐, 원래 둘이 비슷한 거였나?

아무튼 나는 다시 슈퍼 히어로가 됐다고.

환대받던 우주 영웅이 다시 돌아온 거야.

그것도 미래를 예언하는 초능력자가 돼서 말이지.

복권 당첨 방송이 끝나고 나의 소식은 급속도로 기사화됐어. 내가 15분 전 예언한 발언대로 여섯 자리의 숫자가 정확히 맞았다고 말이야. 온 세상이 다시 떠들썩해졌지. 나의 휴대폰도 쉬지 않고 울리기 시작했어.

그런데 가만.

내가 하지 말아야 할 걸 해버렸나?

갑자기 눈앞의 세상이 빙글빙글 돌고 있어.

그리고 난 중심을 잃고 쓰러졌지.

쓰러진 상태에서도 하늘은 미친 듯이 빙빙 돌았어.

일어나려고 해도 다시 한쪽으로 무너져버려.

구토.

이제껏 겪어보지 못한 어지러움.

왼쪽 발과 왼쪽 손이 동시에 저려오고.

일어나려고 해도 중심을 잡을 수가 없었어.

온 세상이 한쪽으로 기우는 느낌.

그리고 마치 땅이 꺼지듯,

나는 블랙홀 속으로 한없이 빨려 들어가고 있어.

11월 18일
토요일 2

구급차의 사이렌 소리.

그리고 내 이름을 부르는 엄마의 목소리.

정신을 차려보니 응급실 침대 위였어.

엄마가 곁에서 내 손을 잡고 있었지.

거봐, 내 말이 맞다니까.

우린 서로 아플 때나 보는 게 좋다고.

"걱정 마, 별거 아닐 거야. 요즘 좀 무리를 했거든."

의사가 내게 와 증상을 물었어.

갑자기 시작된 어지러움.

중심을 잡지 못한 채 그대로 한쪽으로 쓰러짐.

왼쪽 얼굴과 왼쪽 팔이 미세하게 저려와.

의사가 내게 물었지.

"평소에 술은 얼마나 마셔요?"

술? 최근엔 술을 마실 틈도 없었어.

"담배는 얼마나 피우시죠? 혈압은 어땠나요? 고혈압 위험군은 아니셨나요?"

빌어먹을, 몇 달 동안 저염식만 했는데 고혈압일 리가 있나.

"최근에 좀 무리했지만 건강에는 아무 문제 없었어요, 어디 안 좋은 곳도 없었고요. 아무래도 순간적으로 현기증이 온 것 같아요. 그래도 이렇게 심하게 어지러운 적은 없었는데."

의사가 다시 내게 말했지.

"그대로 누워서 팔을 들어보세요. 한쪽 발도 올려보시고요."

그래, 모두 똑바로 작동한다고.

"이제 좀 괜찮아진 것 같아요. 아마 너무 피곤해서 그랬을 거예요."

의사는 노란 비닐봉투를 뽑아들고 내게 말했어.

"일어날 수 있겠어요?"

그럼, 이제 다 괜찮다고.

나는 침대에서 내려와 바닥에 섰어.

하지만 그대로 중심을 잃고 옆으로 고꾸라졌지.

동시에 구토가 터져 나오고.

의사는 재빠르게 비닐봉투를 내 입에 받쳤어.

모든 걸 예상한 듯.

그가 말했어.

"뇌경색 증상이에요. 빨리 혈전용해술을 시도해야 하고요. 바로 CT와 MRI 검사를 해야 합니다. 최대한 빨리 손상된 혈관을 찾아내 조치를 취해야 해요."

"아니, 방금 전까지만 해도 아무렇지 않았다니까. 불과 30분 전까지 모든 게 정상이었다고. 아픈 곳도 없고 그 어떤 전조 증상도 없었다고."

"이게 원래 그런 병이에요."

이런 빌어먹을.

11월 19일
병원

검사를 모두 마친 후 나는 중환자실로 옮겨졌어.

뜬눈으로 하루를 꼬박 새웠지.

아침이 밝자 담당 의사가 찾아왔어.

"급성 뇌경색이에요. 젊은 나이에는 잘 생기지 않는 병인데."

"어떻게 한순간에 이렇게 될 수 있죠? 어제까지만 해도 뛰어다니고 그랬는데."

"원래 뇌 질환, 심장 질환이 그렇죠. 침묵의 암살자라고 부르잖아요. 담배, 술, 고혈압, 콜레스테롤, 다양한 위험인자가 있지만 환자분 나이에 그러기는 쉽지 않을 거예요. 젊은 나이에 이런 뇌경색이 오는 원인은 외상에 의한 혈관 박리가 유력하죠. 하지만 단정할 수는 없고요. 정확한 원인을 알기 위해 다른 여러 가지 정밀검사를 해야 해요. 어제 검사로는 어떠한 것도 발견하지 못했거든요. 오늘 오전 필요한 정밀검사들을 더 하고 다시 뵙죠."

아니 난 지금이라도 일어날 수 있을 것 같은데.

의사가 돌아가자 간호사가 내 옆에 붙어 코에 호스를 집어넣었어.

"콧줄은 왜 하는 거예요?"

그녀가 말했지.

"한동안 물도 못 넘기실 거예요. 왼쪽 성대에도 마비가 왔거든요."

무슨 소리야. 이렇게 말도 잘 나오는데.

그날 오후, 신경과 교수가 날 다시 찾아왔어.

"오늘 여러 부위의 CT와 여러 종류의 MRI를 찍었는데 손상 부위를 찾지 못했어요. 신기한 건 여기 CT에서 보이듯 이 주변 뇌세포는 확실하게 죽었다는 거예요. 여기 하얗게 변한 부분이 죽은 세포들이죠. 그러니까 이 소뇌 부근 세포들이 죽어서 지금과 같은 증상이 나타나는 거예요. 이상한 건 혈관 손상을 찾을 수 없다는 거죠. 주변 혈관이 막혔거나 안으로 찢어졌거나 혹은 미세하게 부풀어 올랐거나 해서 경색이 생기는 건데 말이죠. 그렇게 혈관이 막혀서 혈액을 공급하지 못해 뇌세포가 죽는 거고요. 그런데 이 정도 손상이 왔는데 막힌 곳을 찾을 수 없어요. 저도 처음 보는 일이에요."

그제야 나는 알 것 같았어.

나의 소뇌에서 세그웨이를 타고 활보하던 외계인.

그가 말했지. 소뇌가 균형의 중추라고 말이야.

그래, 약속을 어긴 벌을 받았군.

의사가 말을 이어갔어.

"여기 보이는 이 소뇌 부분이 인간의 세밀한 균형감각을 담당하고 있죠. 그 기능을 담당하는 뇌세포가 죽어서 해당 기능을 잃은 거고요. 그래서 현재와 같은 증상이 나타나는 거예요. 운동능력의 경우 대부분 반대편으로 편마비가 옵니다. 다행히도 왼팔과 왼다리 근력에는 거의 손상이 가지 않았어요. 이 소뇌 부분에서 조금만 더 위쪽으로 올라갔으면 근력도 상당 부분 상실됐을 거예요. 운이 좋았어요. 근력까지 상실됐으면 재활에만 몇 년이 걸릴지 몰라요. 본인이 지금이라도 당장 설 수 있다고 느끼는 게 바로 근력이 소실되지 않았기 때문이에요. 하지만 일어나려고 하면 다시 한쪽으로 쓰러지게 될 겁니다. 균형감각이 소실됐기 때문이죠. 한동안 똑바로 서 있지도 못할 거예요. 그러니까 혼자 무리하게 움직이려고 하면 안 돼요. 낙상의 위험이 크거든요. 그리고 감각 이상은 오른쪽으로 왔을 거예요. 아마 통증이나 온도를 전혀 느낄 수 없을 거고요, 얼굴 한쪽도 감각 이상에 따른 저림이 계속될 겁니다. 그리고 땀도 계속 한쪽으로만 날 거고요. 이쪽으로 자율신경계가 지나가거든요. 문제는 이러한 증상을 증명할 혈관 손상이 없다는 거예요. 막힌 곳이 자연스럽게 뚫린 거라면 결과적으로는 다행이지만 손상 부위를 모르니 경색의 종류와 원인을 찾을 수 없어요."

왜냐하면 그들은 그럴 수 있거든.

"언제쯤이면 다시 걸을 수 있죠?"

"바로 재활을 시작하면 똑바로 서는 데만 2주나 3주가 걸릴 거예요. 어느 정도 일상생활을 할 정도가 되는 데는 3개월은 걸릴 거고요. 상실된 감각은 감각 이상을 동반하며 아주 천천히 돌아올 겁니다. 앞서 말한 모든 것들이 돌아오려면 6개월은 지켜봐야 해요."

뭐라고?

"젊은 나이고 운도 좋아서 이 정도인 거예요. 6개월이 지나도 변화가 없다면 기능을 아예 잃게 될 수도 있죠. 재활을 해도 영영 안 돌아오는 것들이 있어요. 그건 차차 차도를 보고 판단할 거고요. 내일부터 재활의학과로 전과해서 재활을 시작할 겁니다. 재활은 빠를수록 좋거든요. 죽은 뇌세포는 우리 표현으로 익었다고 합니다. 절대 다시 살릴 수 없어요. 하지만 인간의 뇌는 신비해서 재활을 하며 계속 신경을 자극하면 놀고 있는 잉여세포들이 학습을 해서 죽은 뇌세포의 기능을 아주 조금씩 대신하게 됩니다. 알고 있죠? 아인슈타인도 자신의 뇌를 20퍼센트밖에 사용하지 않은 거 말이에요."

11월 26일
재활

침대에서 일어나려 할 때마다 좌절을 느끼는 중이야.

일주일이 지났지만 아직 나는 혼자 화장실에도 못 가.

밤에는 한숨도 못 자지.

잠이 들려고 의식이 멀어지는 순간 밑으로 한없이 떨어지는 느낌이 들거든. 눈을 뜨면 천장이 다시 빙글빙글 돌지.

왼손은 움직일 순 있지만 세밀한 운동능력이 떨어졌어. 모든 것이 뻑뻑하게 돌아가. 기타를 잡던 손가락이 말이야. 그리고 처음으로 세수를 하게 된 날 왼쪽 얼굴과 오른손에 온도가 안 느껴진다는 것도 알게 됐지. 누가 정확하게 재단이라도 한 듯 몸통의 반과 얼굴의 반이 그래. 의사 말로는 신경이 한 바퀴 꼬여 있어서 그렇게 마비가 온다더군. 설상가상으로 왼쪽 성대마저 마비됐어.

한없이 초라해져버린 나.

불과 일주일 전만 해도 이 세상의 주인공 같았는데.

덕분에 엄마와는 더 친해지게 된 것 같아. 나는 이제 VIP 병실에서 간병인도 마음대로 쓸 수 있는데 엄마는 매일 밤 나의 손을 잡고 밤을 새우고 있지. 덕분에 엄마가 늘 주장하던 사랑이란 걸 처음으로 느끼고 있는 중이야.

오전에는 작업치료를 해.

왼손의 떨어진 운동능력과 세밀함을 기르기 위해서야.

난 왼손으로 커피콩 500개를 핀셋으로 집어 구멍에 옮겨 넣고 있지.

작은 구멍이 뚫린 장난감에 낚싯줄을 끼워 넣는다거나.

세워놓은 바늘에 구멍 난 작은 장식품을 끼워 맞춘다거나.

내 주변에서는 치매 환자들이 나와 같은 치료를 받고 있어.

이곳엔 30분 동안 커피콩 하나를 겨우 넣는 환자들이 수두룩하지.

오후에는 운동치료를 하러 가.

아직 똑바로 설 수 없기에 조심스럽게 몸을 와이어로 고정시키고 똑바로 서는 훈련을 하고 있어.

덕분에 사흘 만에 어느 정도 서 있을 수 있게 됐지.

지금은 하체를 띄워 고정시킨 기계에 올라가 벽돌깨기를 하고 있어.

화면에 벽돌깨기 게임이 나오면 내가 하체를 움직여 볼을 맞추는 거야.

주변에서는 치매 환자들과 뇌질환 환자들이 언어치료를 받으며 괴성을 내지르고 있지. 그 옆에선 연하장애가 온 환자가 전기 패드를 붙이고 치료를 받고 있고.

의사가 말하길 나도 한쪽 성대가 마비됐지만 다행히 연하장애까진 생기지 않았대. 성대가 닫힌 채로 마비됐기 때문이라고 했어. 연하장애가 오면 물도 못 넘겨. 밥은 당연히 못 먹고 목소리도 작아지지. 팔이나 다리의 마비는 재활로 나아지지만 성대는 돌아오기 쉽지 않다고 해. 그저 작은 성대 한쪽이 열려서 움직이지 않는다는 이유로 삶의 질이 바닥으로 떨어지는 거야. 성대가 닫히지 않으면 소량의 물이나 침에도 사레가 걸리거든. 사레가 자주 걸리면 폐렴에 걸려. 그래서 연하장애가 오면 평생 콧줄을 끼고 살아야 하지. 평생 음식 같은 건 먹지도 못하고 미음이나 물약을 코로 받아먹으며 살아야 하는 거야. 나에겐 하루하루가 이렇게 우울한 나날이지.

오후가 되자 병실로 손님이 찾아왔어.

분명히 병원에 비밀유지를 해놨는데.

혜주가 병실에서 휠체어를 탄 나를 보고 있었지.

이런 초라한 모습을 보이긴 싫었는데.

그런데 가슴 한편에선 반가운 기분이 들었어. 멀쩡하던 사람이 갑자기 걸을 수조차 없게 되면 자존심 따위는 없어지나 봐.

약해질 대로 약해져버린 나.

"어떻게 알고 온 거야?"

"어머니랑 같은 성당 다니잖아."

그래 누가 스텔라였고 마리아였지?

"뭐 하러 왔어 바쁠 텐데."

"당연히 와야지. 너도 내가 아프면 올 거잖아. 너 3개월이면 똑바로 걸을 수 있다며. 얼마다 다행이야. 걱정하지 마, 시간 빨리 갈 거야."

"다른 애들 부를 생각은 하지 말았으면 해."

"그래 알아, 그럴 줄 알고 이렇게 혼자 왔잖아."

엄마는 그럴 필요 없다고 했지만 혜주는 여기 있겠다고 했어.

"여기 무슨 호텔 같은데요? 무슨 병실이 우리 집보다 전망이 더 좋은 거야? 역시 자본주의가 좋다니까. 어머니, 오늘 밤은 제가 지킬게요. 들어가서 좀 쉬세요."

"남편이 허락했니?"

"내가 그렇게 속 좁은 사람하고 결혼한 줄 알아?"

"내 오줌통 치워야 할지도 모르는데?"

"내 불알친구 오줌통 치우는 게 어때서? 말하는 거 보니 금방 나올 것 같은데 너."

"바깥세상은 어때?"

"널 애타게 찾고 있어. 그런데 왜 그런 짓을 한 거야? 로또번호 조작한 거 말이야."

"그런 적 없는데?"

"관심 끌려고 시간 조작해서 올린 거라던데."

"무슨 소리야 라이브 방송이었는데. 천 명은 넘게 봤을걸? 알잖아. 나 거짓말 안 하는 거."

"그래, 그렇게 주장하는 사람들이 있긴 한데 어째서인지 그 영상이나 사진이 어디론가 사라져버렸대. 그리고 그 사람들은 네가 고용한 알바라는 설이 팽배하고 말이야."

오, 칼 라거펠트. 일을 철저하게 하는군.

"암튼 그래서 넌 다시 사기꾼이 되어가는 중이야."

"너도 그렇게 생각해?"

"뭐 충분히 그럴 수 있다고 생각하지."

"결혼식은 잘 끝났고?"

"뭐 엄청난 숙제를 마친 느낌? 너도 한번 해봐."

"비는 잘 맞았고?"

"아 그래 맞아. 공항 가는 길에 완전히 쫄딱 젖어버렸잖아. 마른 하늘에 어떻게 그렇게 비가 올 수 있지? 알잖아, 턱시도랑 드레스 차림으로 오픈카 타고 떠나는 게 로망이었는데 말이야. 완전히 망쳐버렸다고. 그런데 너 그거 어떻게 알고 얘기해준 거야?"

"말했잖아, 난 거짓말 안 한다고."

"아니야, 너 거짓말한 적 있거든. 이렇게 있으니까 예전 학교 다닐 때 양호실 생각 안 나? 그때 우리 참 철없었는데 말이야. 그래도 너는 어른스러웠지. 이제 와 묻고 싶은 게 있는데 말이야. 너 예전에 양호실에서 도난 사건 났을 때 왜 니가 훔쳤다고 거짓말 했어?"

"너 그걸 기억해? 그리고 그게 거짓말이었다는 거 어떻게 알아?"

"사실 그거 내가 훔친 거거든. 아직도 생각나. 그 검정색 입생로랑 사첼백에서 백화점 상품권이 빠져나와 있던 거."

11월 30일
겨울의 문턱

재활 11일째.

병원 안팎으로 크리스마스 장식을 하기 시작했어.

밤이 되면 화려한 트리의 조명이 빛나.

그리고 이제 나는 혼자 설 수 있지.

한 발짝 정도는 움직일 수도 있어.

세 발짝 정도 만에 옆으로 꼬꾸라져버리지만.

난 그저 똑바로 설 수 있다는 게 얼마나 큰 행복인지 알게 됐어.

이곳에 있으면 그저 인지할 수 있다는 것만으로도 얼마나 행복한지 알게 되지. 여기 있으면 하루하루가 의미 있는 나날이야. 내일이면 조금 더 중심이 가운데로 잡히겠지 하는 희망의 나날이라고.

가장 큰 고통이라면 잠이 오지 않는 거야.

나는 무려 열흘이 넘게 잠을 못 잤어.

나는 의사에게 말했지.

"잠이 들려고 살짝 의식이 멀어지는 순간 엄청난 어지러움에 깨요. 그때마다 마치 놀이기구을 타고 떨어지는 것처럼 아찔하죠. 순간 심장이 마구 뛰고 등에서는 식은땀이 흘러요. 그런 게 벌써 열흘이 넘었어요. 단 하루도 잠을 제대로 잔 적이 없어요."

수면제라도 먹을 수 있다면.

의사가 내게 말했어.

"아직 그럴 수 있어요. 차차 나아지겠지만 이제 막 급성기를 지난 상태거든요. 수액을 맞고 있긴 하지만 그래도 잠을 자야 재활로 학습한 것들이 새로운 뇌세포로 만들어질 텐데 말이죠."

그날 저녁 간호사가 수면제를 가지고 왔어.

그녀가 말했지.

"아마 좀 힘들 거예요. 잠들기 직전에 먹지 말고 가능한 한 일찍 드시는 게 좋을 거예요."

이때까지는 수면제를 먹는 게 왜 힘든 건지 몰랐어.

그날 밤, 나는 처음으로 잠이 들었지.

하지만 동시에 엄청난 악몽을 꿨어.

좋은 게 있다면 이토록 날 쥐고 흔들고 떨어뜨리는데도 잠에서 깨진 않는다는 거야. 이렇게 생생한 장면들이 꿈속이라니 믿어지지가 않아.

난 또 블랙홀 속으로 빨려 들어가고 있어.

튜브스터가 물 위에서 돌듯 빙글빙글.

여기는 꿈인가?

어느새 내 옆에는 칼 라거펠트가 앉아 있고.

그가 내게 말했어.

"꿈도 현실도 의식 안에 있을 뿐이지."

강물 위의 튜브스터는 멈출 줄 모르고 돌아가.

"이거 너무 가혹하다고 생각 안 해요?"

"그러니까 약속을 지켰어야지. 배신한 인간에게 자비란 없거든. 우리는 널 믿고 기억을 지우지 않았어. 우리가 인간을 믿은 건 네가 처음이었다고."

"당신들도 거짓말했잖아요. 내 머릿속에 아무 짓도 하지 말라고 했는데 이렇게 뇌세포를 터뜨려버렸잖아요. 아니면 머릿속에 지뢰라도 심어놓은 거예요?"

"그건 최소한의 안전장치였어. 네가 그걸 쓰게 만든 거지. 네가 그런 짓을 안 했으면 아무 일도 없었을 거라고. 뭐, 아무튼 그래서 너를 만나러 여기까지 내려왔잖아. 소나기나 내리게 하는 걸로 끝낼 생각은 아니었다고. 외계인 가오가 있지. 스페이스 보이, 이제 진짜 소원이 생겼을 거 같은데?"

"그래요. 제발 날 여기서 꺼내줘요. 당신을 만났던 기억, 외계인에 대한 기억, 어떤 기억이든 지워도 좋아요. 그 대가로 소원을 들어준다고 했죠? 의사들이 말하더군요. 죽은 뇌세포는 절대 살릴 수 없다고 말이에요. 하지만 당신들한테 그런 건 일도 아니잖아요."

"물론이지. 뇌세포뿐만 아니라 너의 뇌 자체가 그대로 복사되어 있으니까. 아마 샘플 67호 정도 되겠군. 그게 있으면 이렇게 힘겨운 재활 따위 필요 없을 거야. 그냥 너의 뇌를 다시 다운로드 받으면 되니까. 네가 갑자기 중심을 잃고 쓰러질 때처럼 다시 갑자기 모든 것이 정상으로 돌아오는 거지."

"그래요, 바로 그거예요. 날 다시 일으켜줘요."

"별로 살고 싶지 않은 인생 아니었어? 이제 네가 새로 만든 지구에서의 삶이 마음에 든 거야?"

"아니요. 그 인생도 실패한 것 같아요. 당신 말이 맞아요. 망각할 수 없는 삶은 좋은 것보다 괴로운 것이 더 많아요. 그런데 아이러니하게도 이렇게 병실에 누워 있으니 삶에 대한 의욕이 생겨버렸어요."

"이렇게 아파보니 주변 사람들이 널 사랑하고 있다는 걸 느낀 거야?"

"그래요. 이 엿 같은 지구를 돌아가게 하는 건 사랑이죠."

"아니, 지구를 돌아가게 하는 건 지구 중심의 자기장이야. 하지만 너의 말도 맞아. 그게 없었다면 네가 사는 지구는 진작 파멸했겠지. 아무튼 확실히 우리가 잘못 판단했어. 차가운 마음을 가지고 있는 줄 알았는데 너도 똑같은 인간이었어. 언제 우리 존재를 발설할지 모르는 나약한 인간 말이야. 그럼 이 모든 기억을 지우는 조건으로 너의 죽은 세포를 되돌려준다. 이런, 쉬운 길을 너무 돌아왔다고."

"번거롭게 만들어서 미안해요. 그런데 마지막 가는 길에 부탁 하나만 더 할게요. 새로 리셋 될 인생에 로또번호나 하나 챙겨줘요. 나의 내적 동기부여를 이용해 나도 모르게 복권을 사러 가는 거죠. 그리고 당신이 심어놓은 숫자 여섯 개를 쓰는 거예요. 아시다시피 이 삶도 이미 실패했거든요."

그가 이마에 걸친 선글라스를 내리며 말했어.

"얼마나 필요한데?"

"최대한 많이요."

"너무 속물 같지 않아?"

"세속적인 건 아름다운 거예요. 세상의 이치를 거스르는 건 바보짓이죠."

"그래, 이제야 인간다워졌군."

작가의 말

이 소설을 쓰며 구간마다 들었던 노래들을 써봅니다.
여러분들에게는 좋은 BGM이 되길 바라며.

David Bowie - Space Oddity (8쪽)

Jack White - Sixteen Saltines (35쪽)

Jake Bugg - A Song About Love (61쪽)

The xx - Brave For You (77쪽)

Zwan - Honestly (81쪽)

Beach House - Space Song (89쪽)

The 1975 - M.O.N.E.Y. (117쪽)

Panic! At The Disco - Nine in the Afternoon (155쪽)

Arctic Monkeys - Secret Door (169쪽)

Florence And The Machine - Cosmic Love (224쪽)

2018년 3월

박형근

제14회 세계문학상 대상

스페이스 보이

초판 1쇄 발행 2018년 4월 9일
초판 2쇄 발행 2021년 4월 1일

지은이 박형근
펴낸이 이수철
주　간 하지순
디자인 권석중
마케팅 안치환
관　리 전수연

펴낸곳 나무옆의자
출판등록 제396-2013-000037호
주소 (10449) 경기도 고양시 일산동구 호수로 358-39 동문타워1차 202호
전화 02) 790-6630 팩스 02) 718-5752

페이스북 www.facebook.com/namubench9
인쇄 제본 현문·자현

© 박형근, 2018

ISBN 979-11-6157-030-3　03810